KB150043

너의
MBTI가
알고싶다 FROM
고슴도치

작가소개

지은이 · **김소나**

캐릭터 연구를 하며 MBTI도 함께 공부했다.
네이버 블로그에 MBTI 포스팅이 가득한 파워블로거이자 작가이다.
펴낸 책으로는 〈나의 MBTI가 궁금하단 마리몽〉 등이 있다.
https://blog.naver.com/sonafox

그린이 · **mamma**

픽셀 그래픽으로 조그마한 동물 친구들과
맛있는 음식들을 주제로 조금 엉뚱하고
귀여운 그림을 그리고 있다.
다양한 팬시 제품을 제작하며 사람의 마음을 사로잡고 있는 중.

너의 MBTI가 알고싶다 고슴도치

글 · 김소나 | 그림 · mamma

이북스
미디어

작가의 말

부모가 아이를 이해하기가 쉽지 않다. 서로 다른 컬러, 서로 다른 목소리, 서로 다른 언어를 갖고 있기 때문이다.

〈여우와 두루미〉에서 여우와 두루미는 맞지 않는 그릇 때문에 상대방이 대접한 음식을 먹을 수 없었다. 여우에게 접시가, 두루미에게 호리병 그릇이 필요하듯이, 아이들도 기질과 유형에 따라 서로 다른 격려가 필요한 것 같다.

아이와 부모의 유형을 알면 서로가 서로에게 필요한 것이 무엇인지 생각해볼 수 있다. 야생화 꽃잎을 쓰다듬어 보면서 산책을 즐기는 아이도 있지만, 친구들과 땀을 흘리며 운동장을 뛰어다닐 때 희열을 느끼는 아이도 있다. 부모가 아이의 유형을 잘 모를 때는 자신과 다른 아이가 낯설게 느껴질 수도 있다. 하지만 자신과 아이의 성향을 이해하게 되면, 아이의 언어를 이해할 수 있다.

나와는 다를 수 있지만, '달라서 괜찮다'. 나와 닮은 아이도, 나와 다른 아이도, 특별하다. 아이들이 가장 좋아하는 엄마는 자신의 마음을 알아주는 엄마라고 한다. 내 가치를 알아봐 주는 부모, 내 무의식 속 잠재 욕구까지 알아봐 주는 부모와 함께라면, 아이는 더 건강하고 행복하게 자랄 수 있지 않을까?

이 책은 열여섯 가지 유형별로 아이들의 성향을 정리한 일러스트 힐링 에세이집이다. 동화, 소설, 신화 속 인기 있는 캐릭터들을 성격 유형 캐릭터에 비유했다. 열여섯 명의 귀엽고 사랑스러운 캐릭터들이 어린 시절의 특징과 소망을 보여준다.

그리고 고슴도치 부모가 자신을 위해서 읽었으면 하는 책이기도 하다. 이 책을 통해 부모도 자신의 어린 시절을 돌아보고, 어린 자신에게 위로를 줄 수 있다면 좋겠다. '내가 이런 성향이라서 이렇게 행동할 수밖에 없었구나, 난 이런 상황에서 불편하거나, 행복했구나', 라는 점을 생각해볼 수 있다면 좋겠다. 자신이 좋아하는 것들, 어려워하는 것들을 알고 헤쳐 나갈 수 있으면 좋겠다.

사람들은 종종 나와 남이 다른 사람이라는 사실을 잊어버린다. 아이가 이유 없이 사랑스럽기를, 부모와 가장 가까운 사이가 되기를 바란다.

그리고 이 책이 MBTI에 대한 맹신이나 과몰입보다는 '나와 남을 이해하는데 좋은 길잡이'가 되었면 좋겠다.

_작가 김소나와 mamma

차례

004 · 작가의 말

008 · 너는 어떤 아이일까?

016 · 완벽한 여신 아테나 ISTJ_잇티제 아이

032 · 다정한 신데렐라 ISFJ_잇프제 아이

048 · 야무지고 똑똑한 헨젤 ESTJ_엣티제 아이

066 · 사랑스러운 백설공주 ESFJ_엣프제 아이

080 · 야생의 멋진 늑대왕 로보 ISTP_잇팁 아이

096 · 아무것도 하지 않는 게 제일 행복해, 곰돌이 푸 ISFP_잇프피 아이

114 · 신나는 삐삐 롱 스타킹 ESTP_엣팁 아이

128 · 무사태평 배부른 여우 ESFP_엣프피 아이

144 · 외딴 별 어린 왕자 INFJ_인프제 아이

160 · 이상한 나라에 사는 앨리스 INFP_인프피 아이

178 · 꿈이 있어서 행복한 왕자 ENFJ_엔프제 아이

192 · 영원히 자라지 않는 피터팬 ENFP_엔프피 아이

206 · 나의 기준은 바로 나, 데미안 INTJ_인티제 아이

222 · 호기심 많은 셜록 홈스 INTP_인팁 아이

238 · 장화 신은 재간꾼 고양이 ENTP_엔팁 아이

252 · 창의적인 전략가 제갈량 ENTJ_엔티제 아이

270 · 고슴도치에 대한 인터뷰

271 · 너에 대한 인터뷰

너는 어떤 아이일까?

열여섯 가지 성격 유형은 타고나는 것일까? 살아가면서 변하는 것일까?

사람은 특정한 기질을 갖고 태어난다고 한다. 심리학자이자 정신과 의사 칼 구스타브 융은, 사람에게는 선호 지표가 있어서 어떤 부분을 심리적으로 더 선호하느냐에 따라 성격 유형이나 기질이 달라진다고 한다. 선호 지표에는 아래와 같이 네 가지 기준이 있다.

성격의 경향성을 표현해주는 네 가지 선호 지표

내향 I vs 외향 E	직관 N vs 감각 S	사고 T vs 감정 F	판단 J vs 인식 P
어떤 아이는 내성적이고, 어떤 아이는 활발하다.	어떤 아이는 상상력이 풍부하고, 어떤 아이는 현실적이다.	어떤 아이는 이성적이고, 어떤 아이는 인간관계에 많은 의미를 둔다.	어떤 아이는 정리와 계획에 능숙하고, 어떤 아이는 유연하게 행동한다.

해당하는 선호 지표를 하나씩 고르면 네 개의 연속된 글자가 만들어진다. 이렇게 해서 서로 다른 총 열여섯 가지 성격 유형이 탄생한다. 물론 선호 지표는 경향성이기 때문에 같은 성격 유형이라도 성격은 다르게 나타날 수 있다.

열여섯 가지 성격 유형은 닮은 유형끼리 아래와 같이 총 네 개의 기질로 분류하기도 한다. 같은 기질에 속한 성격 유형은 욕구나 성향 면에서 닮은 점이 많다.

성격의 경향성을 표현해주는 네 가지 기질

SJ 기질	SP 기질	NF 기질	NT 기질
현실적이고 안정을 추구하는 관리자 기질	현실적이고 변화를 즐기는 방랑자 기질	상상력과 감성이 풍부한 낭만파 기질	상상력과 사고력이 발달한 탐정 기질
ISTJ ISFJ ESTJ ESFJ	ISTP ISFP ESTP ESFP	INFJ INFP ENFP ENFJ	INTJ INTP ENTJ ENTP

MBTI 검사를 할 수 없는 어린아이라도 부모가 아이의 모습을 관찰하면 아이의 심리적 선호 성향과 지표를 발견할 수 있다. 지표를 통해, 아이의 성격 유형이 열여섯 가지 유형 중에서 어디에 해당하는지, 기질은 어떤지도 짐작할 수 있다. 예를 들어 우리 아이는 내성적이고, 상상력이 풍부하고, 이성적이며, 계획적인 면이 강하니 INTJ 유형이로구나, 기질적으로는 NT 기질이라서 과학자적이거나 탐정처럼 논리적인 기질이 강하겠구나, 하고 말이다.

선호 지표와 다른 삶을 산다면 어떤 일이 일어날까

부모가 자신의 선호 지표나 기질을 인정해주지 않을 때 아이는 자신의 선호 방향과 매번 다른 선택을 하면서 살아가야 한다. 어른이 되어서도 자신의 정체성에 대해 혼란에 빠지거나, 정신적으로 힘든 삶을 이어가는 경우도 많다.

자신의 선호 지표가 우월하다거나 옳다고 생각하는 부모가 간혹 아이에게 자신처럼 되기를 바라고 지도하는 경우가 있다. 부모는 자신이 생각하는 아이의 단점이 사실은 자신과 '다른 점'은 아닌지 고민해볼 필요가 있다.

선호에는 옳고 그른 게 없다. 서로 다를 뿐이다. 아이와 부모의 기질과 성격 유형, 선호 지표를 안다면, 상호 간에 이해를 높이고, 각자가 가장 편안한 삶을 살아가는 데 도움이 될 수 있다.

성격 유형을 알 수 있는 선호 지표를 좀 더 구체적인 항목을 통해 알아보자.

선호 지표에 따라 아이들은 다음과 같은 특징을 보여줄 수 있다.

〈내향성 I, 외향성 E〉

혼자 있을 때 에너지가 충전되는지,
사람들과 함께 있을 때 에너지가 충전되는지의 차이

내향형 I	외향형 E
● 많은 사람 앞에서는 조용하지만 친한 친구들과 함께 있을 때는 말이 많고 활발하다. ● 생각하고 나서 말한다. ● 문자나 SNS에 답장하기까지 시간이 걸린다. ● 혼자서도 잘 논다. ● 혼자서 조용히 쉴 시간이 꼭 필요하다. ● 말하기보다 글쓰기를 편하게 느낀다. ● 혼자 집중하고 있을 때 방해받고 싶어 하지 않는다. ● 화가 나면 그 상황에서 도피하는 경향이 있다. 화가 나도 이유를 잘 말하지 않는 편이다. ● 갑자기 질문하면 대답하기 어려워한다. ● 사람들이 많고 시끄러운 상황에서 스트레스를 받는다.	● 많은 사람 앞에서 말이 많아진다. ● 생각이 정리되기 전에 말한다. ● SNS에 답장이 느린 친구를 보면 답답해한다. ● 종일 혼자 집에 있으면 지루해한다. ● 관심의 중심에 있고 싶어 한다. 분위기메이커 노릇을 하는 경우가 많다. ● 글쓰기보다 말하기를 편하게 느낀다. ● 주변 자극에 금세 영향을 받는다. ● 잘 모르는 친구들에게도 먼저 아는 체를 한다. ● 화가 나면 자신이 왜 화가 났는지에 대해 상대방과 더 많은 이야기를 나누려는 경향이 있다. ● 자기 차례가 되기 전까지 기다리기 힘들어한다. 대화 중간에 끼어드는 경우도 있다. ● 사람들이 많고 시끄러운 상황에서 흥이 난다.

〈직관 N, 감각 S〉

외부의 정보를 받아들이고 해석할 때
자신만의 상상력을 부여하는지, 현실적으로 받아들이는지의 차이

직관형 N	감각형 S
● 원근법적 시야를 갖고 있다. 세부적인 부분을 잘 보지 않는다.	● 현미경적 시야를 갖고 있다. 세밀화처럼 디테일을 본다.
● 조리법이나 사용 설명서대로 하지 않고 자기식대로 만든다.	● 정해진 대로, 매뉴얼을 존중한다.
● 정보에 의미를 부여하고 새로 해석한다.	● 정보를 그대로 받아들인다.
● 카드놀이, 퍼즐, 역할 놀이를 즐긴다.	● 레고나 조립 놀이기구, 춤이나 운동을 즐긴다.
● 다양한 장르, 분야의 책 읽기를 즐긴다. 종종 철학적인 생각에 빠진다.	● 감각과 오감이 뛰어나다.
● 은유적, 비유적인 표현을 좋아한다.	● 단계별로, 계단을 밟듯이 배워간다.
● 독창적이라거나 '4차원'이라는 말을 들을 때가 많다.	● 책을 읽기보다는 체험이나 경험을 통해 배우고 싶어 한다.
● 맥락과 핵심 파악을 통해, 전체적인 내용을 남들보다 빨리 파악한다.	● 수량, 이름, 지명, 날씨, 상황 등 구체적인 정보를 정확하게 기억한다.
● 남들의 견해를 무작정 수용하지 않는다.	● 반복연습을 통해 더 높은 단계로 도약한다.
● 가능성과 미래를 본다.	● 순차적으로 결론에 도달한다. 객관적인 정보에 의한다.
● 생각이 많고 복잡하다.	● 절차를 중요하게 생각한다.
● 이면의 세계를 꿰뚫어 보려 한다.	● 머릿속에 명확한 마침표(.)가 찍혀 있다. 정해진 사실을 수긍하고 의문을 품지 않는다.
● 외면을 신경 쓰지 않거나, 자신만의 방식으로 독특하게 꾸민다.	● 시선이 현재에 집중되어 있다.
● 상상 세계 안에서 행복감을 느끼는 경우가 많다.	● 생각을 확장하지 않고 명쾌하게 사고한다.
● 입체파 그림처럼 입체적으로 사고하고, 다양한 시각을 중요하게 생각한다.	● 외면이 단정하고 깔끔하다.
	● 일상적인 행복을 찾는다.
	● 군더더기가 없고, 실용적이다.

〈 사고 T, 감정 F 〉

의사 결정하고 실행할 때
이성적인 판단에 따르는지, 감정에 따르는지의 차이

사고형 T	감정형 F
● 자신의 주장이나 견해에 관해 이야기 할 기회를 좋아한다. ● 공정함이 중요하다고 생각한다. ● 성취욕이 높아서 경쟁에서 지지 않으려고 한다. 자기 능력을 입증하고 싶어 한다. ● "왜"라는 질문을 입에 달고 산다. 이유를 듣고 납득이 가야 행동한다. ● 직설적이고 솔직하게 말한다. ● 감정 표현에 서툰 편이다. ● 날카로운 비판도 필요하다면 받아들인다. ● 마음에 없는 칭찬을 어려워한다. ● 논쟁에서 지고 싶어 하지 않는다. ● 자신이 칭찬받는 구체적인 이유를 들려주었으면 한다. ● 공감하기보다는 상대에게 도움이 되는 의견을 주고 싶어 한다. ● 자신이 이룬 성취에 대해 전문가의 인정을 받고 싶어 한다. ● 동정심을 느낀다고 마음 가는 대로 행동하지 않는다.	● 자신의 감정에 관해 이야기하고 싶어 한다. ● 판단할 때 자신만의 주관적인 가치관을 우선순위에 둔다. ● 좋은 게 좋은 거로 생각한다. ● 다른 사람이 마음 아파할까 봐 싫다는 말을 못 할 때가 있다. ● 경쟁 관계에서 상대방을 신경 쓰다가 위축된다. ● 부모님의 말씀에 동의하지 않더라도 일단은 반대하지 않고 "네"라고 대답한다. ● 동정심이 많아서 구걸하는 사람을 보면 마음이 움직인다. ● 다정다감해서 때로 상대방이 원하지 않을 때도 친절을 베풀 때가 있다. ● 논쟁을 좋아하지 않고, 친구에게 져주는 일도 흔하다. ● 언어 표현이 풍부하다. ● 인품에 대한 칭찬을 받으면 기뻐한다. ● 친하고 믿을 만한 사람이 주는 비판은 잘 받아들인다. ● 사랑을 말이나 행동으로 표현해주길 원한다.

〈판단 J, 인식 P〉

실제 생활 방식이 미리 결정되는 편을 좋아하는지,
융통성이 있는 편을 좋아하는지의 차이

판단형 J	인식형 P
• 계획에 따라 움직인다. • 할 일을 먼저 하고 논다. • 깔끔한 환경에서 편안함을 느낀다. • 빠르고 정확하게 움직인다. • 약속 시간에 미리 와서 기다린다. • 놀 때도 준비가 필요하다. • 계획에 차질이 생기면 당황한다. • 전학, 이사, 여행 등 환경 변화에 민감하다. • 끝맺음이 중요하다. 하다 만 일은 내내 마음을 괴롭힌다. • 마감이 다가올수록 스트레스가 심해진다.	• 계획표가 없는 편이 좋다고 생각한다 • 먼저 놀고 나중에 숙제한다. • 뭔가를 잘 흘리고 잊어버린다. • 하려던 일을 못하게 되어도 신경 쓰지 않는다. • 기분을 내다가 용돈을 다 써버리는 일이 있다. • 환경이 변화해도 금방 적응한다. • 규칙대로 따라야 하는 상황에서 스트레스를 받는다. • 마감이 급박한 상황에서도 당황하지 않고 도리어 에너지가 솟는 경우가 많다.

 아이와 부모가 잘 소통하는 팁

아이가 좋아하는 일을 하기보다는 아이가 싫어하는 일을 하지 않는 편이 상호 간의 관계에 더 도움이 된다고 한다. 예를 들어 내향적인 성향이 강한 아이에게 남들 앞에서 춤이나 노래를 시키지 않는다든지, 감정형 아이에게 사실 관계를 따지면서 조목조목 잔소리하지 않는 것도 좋은 방법이다. 물론 아이도 부모의 선호 성향을 이해할 필요가 있다. 부모도, 아이도, 서로 다르기 때문이다.

완벽한 여신 아테나
ISTJ_잇티제 아이

그리스·로마 신화 속 '아테나'는 지혜의 여신이자 전쟁의 여신으로 알려져 있다. 같은 전쟁의 신 '아레스'와 비교하면 훨씬 더 냉정하고 치밀하다. 아테나는 호전적이고 파괴적인 아레스와의 전쟁에서 매번 승리한다. 차분한 전략이 무기인 셈이다.

아름답고, 논리적인 두뇌를 가졌고, 전쟁에서 승리를 몰고 오는 실적의 여신 아테나. 제우스가 가장 총애하는 딸이고, 남자 못지않은 배짱과 지혜를 지녔고, 아테네의 수호신이며, 정의의 여신이기도 하다.

신화 속 아폴론이 태양의 신이자, 예언, 음악, 시의 신이라는 것을 생각하면, 아테나는 훨씬 현실적인 역할을 행사하는 신이다. 관념의 세계에 몸을 풍덩 담그기보다는, 투구를 쓰고, 창과 방패를 손에 쥔 채 말없이 자신의 임무를 완수한다.

이렇듯 '엄친딸' 같은 이미지에, 금욕적이면서 목표지향적인 그리스 여신을 MBTI 유형으로 분류하면 어떤 유형에 가까울까? 어떤 면을 중점적으로 보느냐에 따라 여러 가지 유형이 가능하겠지만, 갑옷을 두른 채 날카로운 창을 들고 진지하게 전쟁터에 발을 내딛는 모습은 ISTJ 유형과 가장 비슷하다.

ISTJ 아이도 아테나처럼 논리적이고 이성적인 판단력이 좋으면서 철두철미하다. 어떤 일이라도 완벽하게 마무리하는 모습을 보여주고, 오직 한길로 경쟁에서 승리하는 아이기도 하다. 자유를 누리거나, 지식을 습득하기보다는 눈앞의 임무를 잘 완수하는 데 보람을 느낀다. 아이는 미래를 장밋빛으로만 보지 않는다. 현실을 철저하게 분석하고 그 안에서 가장 완벽한 길을 찾는다.

철저한 분석을 통해
완벽한 길을 찾는
현실주의자

이 아이를 상징하는 단어를 다섯 가지만 골라보자면 계획성, 목표 지향성, 성실성, 반듯함, 자신과의 약속이다. 이 아이는 비약적 사고나 추상적 표현을 좋아하지 않는다.

게으름도 피우지 않는다. 생활방식이 올바로 잡혀있어서 부모가 잔소리할 일이 별로 없다. 이 아이는 자기 할 일을 일관성 있게 완수해 나간다.

ISTJ 아이와 모든 글자가 반대인 아이는 ENFP 아이다. 이 아이는 그리스 신화에서 '아폴론'과 유사하다. 아폴론은 즉흥적으로 시를 짓고, 곡을 연주하며, 다른 사람의 감정을 직감적으로 잘 알아챈다. ENFP 아이는 몽환적인 면이 강하고, 팔방미인처럼 여러 분야에 관심이 많다. 마무리가 약한 대신, 여유가 넘치고, 정신적인 소통을 추구한다. ENFP 아이 주변은 항상 친구로 북적인다.

반면 ISTJ 아이는 쉽게 친구를 사귀지 않는다. 휴식보다는 해야 할 과제를 먼저 완수하려고 한다. 숙제도 마치지 않았는데 나가서 놀고 싶어 하는 친구들에게 더 공부하자고 설득하는

노는 것 보다 숙제가 먼저

아이가 바로 ISTJ 아이다.

ISTJ 아이가 아이답지 않게 진지하고, 부모에게 잔소리까지 하는 아이라서 대하기 어렵다고 생각하는 부모도 있을 수 있다. 아이는 지름길을 찾아다니거나 임기응변을 남발하는 법이 없고, 성실하고 꼼꼼하게 할 일을 한다. 남들에게 무리해서 친절을 베풀지는 않지만 이 아이들만큼 타인에게 폐를 끼치려 하지 않는 아이도 없다. 친해지기는 어렵지만, 일단 친구 경계선 안으로 들어서면 그들에게만은 자신의 사랑스러운 모습을 여과 없이 보여준다.

친한 친구에게는
한없이 사랑스러운 아이

아테나가 아테네를 수호하듯이, ISTJ 아이도 자신이 속한 집단을 지키려고 한다. 어른들이 시키는 일이 마음에 안 들더라도, 일단 집단의 규율에 따르는 아이가 바로 ISTJ 아이다. 비슷한 경우에 INTJ 아이는 아무리 어른이 시키는 일이라도, 자신의 신념과 다르면 망설인다.

ISTJ 아이가 열심히 공부하는 이유는 좋은 대학과 좋은 직장에 들어가서 집단 안에서 안정적인 자리에 오르려는 마음이 크다. 그런데 똑같이 열심히 공부하는 INTJ 아이는 열심히 공부해서 높은 자리에 올라간 후에 (그동안 마음에 들지 않았던) 교육 체계를 완전히 바꿔버릴 혁신적인 계획을 품는다. ISTJ 아이가 변화를 반기지 않는 반면에 INTJ 아이는 뒤집기를 좋아한다.

ISTJ 아이는 부모의 말을 잘 듣고 학교생활에서도 모범적인 모습을 보인다. 아이에게 좋은 습관을 길러주면 아이는 오래도록 그 좋은 습관을 지니고 간다. 대신 아이가 평생을 살아가는 데 도움이 되도록, 자연스럽게 전달해 줘야 할 내용이 한 가지 있다.

이 아이는 정석대로 사는 아이다. 이 아이는 질서가 있는 간결하고 아름다운 세상에 살고 있다. 담담하게, 일상을, 성실하게, 누가 보든 안 보든, 자기 원칙대로 실행한다. 준비의 제왕이자, A부터 Z까지 플랜을 짜는 아이이며, 계획만 하는 게 아니라 실행까지 잘하는 아이다.

계획을 A-Z까지 짜고
실행도 잘한다

그러다 보니 무엇인가 규칙적으로 수행하면서 습관적으로 행하는 일은 뛰어난데, 자칫하면 모든 사람이 그래야 한다는 고정된 생각을 가질 수 있다. 아이의 긍정적인 면을 격려해 주면서, 아이에게 모든 사람이 같을 수 없다는 점을 자연스럽게 가르쳐주자.

아이는 다른 유형보다 계획을 잘 세우고, 자신만의 '틀'을 효율적으로 잘 만드는 아이다. 이런 '틀'을 얼마나 여유있게 운영하느냐에 따라서 아이가 더 성공적이고 만족스러운 삶을 살아갈 수 있다. 하고자 하는 일을 틀에 딱딱 맞춰서 정량을 채워가면 신나고 만족스럽겠지만, 때로는 틀에서 벗어나서 넓은 시야로 세상을 바라보는 것도 필요하다.

아이는 정량의 눈금을 자세하게 읽는 돋보기 같은 시력을 소유한 것 같다. 가끔은 안경을 내려놓고 멀리 숲의 풍경을 바라보면서 시선의 여유를 갖고, 자신을 둘러싼 세상의 넓이를 감지하는 것도 필요하다. 부모가 그런 면을 도와주면 좋을 것이다. 세상의 다양함을 받아들인다면 아이는 더 유연한 사고를 지닌 어른으로 성장할 수 있다.

ISTJ 유형의 유명인으로는 투자가 워런 버핏, 아마존 CEO 제프 베저스 등이 있다. 가상 인물로는 이솝우화 〈개미와 베짱이〉의 부지런한 '개미', 정의를 실현하는 '원더우먼' 등이 있다. '메리 포핀스'도 아이들에게 생활의 규칙을 잘 전수해주는 보

정확하고 세세한 아이에게
좀 더 멀리 볼 수 있는 시야를 가질 수 있도록 도와주자

모라는 면에서 ISTJ 적인 모습을 보여준다.

ISTJ 유형은 끊임없는 노력과 인내심으로 원하는 일을 성취하는 노력가로서, 우리나라에서 수입이 높은 MBTI 유형 상위 5위 안에 드는 능력자이기도 하다. 주로 규칙적인 일이면서 신중한 면을 잘 발휘할 수 있는 직종에서 두각을 나타낸다. 공무원, 의사, 변호사, 판사, 교사, 세무사, 은행원 등 전문직이나 관료직에서 일하는 경우가 많고, 대기업에서도 자기 역할을 잘 수행한다.

부모와의 관계를 알아보면 ISTJ 아이를 좀 더 잘 이해할 수 있다.

NT 기질 부모와 ISTJ 아이

ISTJ 아이는 단순 공감보다 현실적으로 도움이 되는 조언을 더 좋아한다. NT 부모 역시 감정 지지적인 공감보다는 합리적인 해결책을 내려고 하는 편이라서 이런 면이 잘 맞는다. 또한 부모와 아이 모두 간결한 의사소통을 선호하는 면도 비슷하다. 아이와 대화할 때는 무작정 시작하기보다는 아이에게 어떤 내용으로 대화하고 싶다고 미리 주제를 알려주고 언제쯤이 좋을지 시간을 따로 잡는 편을 추천한다. 아이는 미리 마음의 준비를 했을 때 더 편안하게 대화에 집중할 수 있다.

아이와 대화하기 전에 주제와 시간을 미리 말해주자

다만 부모가 NT 기질이면 실력이나 능력에 대한 기대치가 높은 경우가 많다. 그런데 ISTJ 아이는 부모에게 인정받고 싶어 하는 열망이 크다. 그런 마음 때문에 때로는 좋은 척, 괜찮은 척, 태연한 척하는 경우도 있다.

아이에게 평소에도 주변이나 가족 눈치를 보지 않고 좀 더 자신이 원하는 대로 지내라고 말해주면 좋다. 결과가 꼭 중요한 것은 아니라고 아이에게 알려주자. 능력이 뛰어나지 않아도 사랑받을 수 있다는 생각은 부모 자신에게도 필요하다.

NF 기질 부모와 ISTJ 아이

사고(T) 성향이 강하면 강할수록, ISTJ 아이는 논리적 분석력은 뛰어나지만, 주변의 반응을 고려하지 않고 하고 싶은 말을 직설적으로 하는 경향이 있다. 그래서 부모 입장에서는 아이가 차갑게 느껴질 수 있다.

그럴 때일수록 부모가 화를 내기 보다는 자신의 감정을 정확하게 읽으려고 노력할 필요가 있다. 자신이 느끼는 감정이 분노인지, 서운함인지, 안타까움인지, 두려움인지, 슬픔인지, 불안함인지, 당황스러움인지, 외로움인지 이해하려고 노력해본다. 자신의 감정을 이해하고 인정해줄 수 있어야 아이를 이해할 수 있다. 사실 아이가 일부러 의도해서 부정적으로 말하는 경우는 별로 없다.

반대로 말해서, 부모가 아이에게 뭔가를 요청할 때도 빙빙 돌려가며 얘기할 필요가 없다. 아이에게 할 말을 정확하게 전달하는 편이 아이에게 도움이 된다. 아이는 비판적인 내용의 말이라도, 필요한 말이라면 수긍하는 합리적인 아이다.

또한 아이에게 새로운 아이디어를 재촉한다든지, 뭔가를 새롭게 만들어보라고 요청하면 힘들어할 수 있다. 아이는 모호한 호기심 탐구나 실험, 진리 찾기보다, 지금 당장 도움이 되는 실질적 학습에 더 끌린다.

아이가 직설적으로 말하더라도
자신의 감정을 먼저 잘 추스리자

그리고 아이는 무조건적인 감정이입보다 능력과 노력에 대한 실질적인 인정을 더 바란다. 아이에게 포옹이나 눈 맞춤보다는 아이가 잘하는 점을 구체적으로 칭찬해주도록 한다.

SP 기질 부모와 ISTJ 아이

ESTP나 ISTP처럼 효율성이 최우선인 부모는 아이가 계단식으로 밟아가면서 뭔가를 이루어가는 모습을 이해하기 힘들 수도 있다. 아이가 대견하다고 느낄 수도 있지만, 안타깝다고 느낄 가능성도 있다. 왜냐하면 SP 기질은 항상 최단 거리를 찾아내곤 하기 때문이다. ISTJ 아이는 SP 부모와는 달리, 도전이나 모험, 자극에 그다지 매력을 느끼지 못한다. 아이는 가장 안전한 길을 찾으려고 한다.

아이의 특성을 이해하고 있다면, 부모와 아이가 같은 공간에서 서로 다른 일을 하면서 시간을 보내도 편안할 수 있다. 특히 ISTJ 아이는 자신이 조용히 집중하고 있을 때 누군가 방해하면 불편하게 느낀다. 아이가 집중할 때는 혼자 있을 수 있도록 배려해주면 좋다.

아이가 집중할 때는
혼자 있도록 해주자

또한 SP 부모는 집안일, 등교, 하교 챙기는 일, 자질구레한 고지서 관리하는 일 등에서 스트레스를 받는 일이 많다. 아이와 함께 집안일을 나누어서 하는 것도 도움이 될 수 있다. 아이는 가족을 위해서 기꺼이 도움을 주려고 할 것이다.

SJ 기질 부모와 ISTJ 아이

SJ 부모는 책임감이 높은 부모다. 아이들이 편안할 수 있는 환경 조성에도 뛰어난 능력을 보여준다.

부모와 아이 모두 실용적이고 현실적이며 미래를 대비하는 측면이 강하기 때문에 부모가 사교육에 투자했을 때 아이가 부지런히 공부하는 바람직한 관계이기도 하다.

사실 SJ 부모가 보기에 ISTJ 아이는 흠잡을 곳이 없다. 집안일도 잘 돕고, 공부도 열심히 하며, 자기 관리에도 뛰어나다. 아이 입장에서도 환경이 쾌적하고 부모가 필요한 지원을 제때제때 잘 맞춰서 해주기 때문에 불편함이 없다.

단지 같은 SJ 기질이기 때문에 당장 눈앞의 공부나 성적에만 매달릴 수 있다. 현재의 현실에 적응하는 것도 중요하지만 미래에 대한 넓은 시야를 갖는 것도 필요하다. 좀 더 넓게 생각하고, 가끔 아이와 함께 새로운 체험을 해보거나, 함께 여유로운 휴식 시간을 가져보는 것도 좋다.

현실적인 아이라 부지런히 공부하는 편이다

ISTJ_아이_핵심 정리

1. 자기 일은 알아서 한다.
2. 16가지 유형 중에서 가장 어른스러운 유형. 맏이가 아니라도 맏이 같은 아이.
3. 자신을 신뢰하는 아이
4. 성실, 뚝심, 근성

너는 현실을 가장 잘 살아나가는 아이이고, 과거를 슬퍼하지 않는 아이이며, 미래를 걱정하지 않는 아이야. 네 현재는 마치 단단하면서 안과 밖이 모두 반짝거리는 다이아몬드 같아. 혹은 수많은 실이 모여서 무늬를 만들고, 결국에는 커다란 융단으로 완성되듯이, 잘 짜인 페르시아 융단 같다고나 할까?

네 세계는 질서로 가득 차 있어서 아름다워. 정교하게 놓인 채로, 있어야 할 자리에 모든 것들이 반듯하게 놓여 있지. 그 세상은 네가 조직한 세상이야. 마치 현미경으로 들여다보는 아름다운 무늬 배열을 보는 것 같기도 해.

어떤 사람은 망원경으로 우주를 보면서 보랏빛 하늘을 로켓처럼 날아다니는데, 너는 그렇게 작은 것들 속 일부분을 나노 단위로 살펴보고 있다니, 너무 스케일이 작은 건 아니냐고? 아니야. 네가 아니면 누가 그렇게 작은 것들의 작은 세상 속 질서를 알아볼 수 있겠니? 그건 스케일이 작은 게 아니라 가장 큰 것일지도 몰라. 작은 세상을 가장 크게 확대해서 보고 있으니 말이야.

어쩌면 사람들은 네가 왜 그렇게 자꾸 틀을 만들려고 하고, 그 틀 안에서 편안해하는지 이해하지 못할지도 몰라. 자신이 경험해보지 않은 세상을 이해하기란 힘든 일이니까. 정밀한 보석 세공사처럼, 너는 가장 미세한 부분을 정성껏 조각하는 사람이야.

네가 얼마나 노력하는지 잘 알아. 네가 많은 사람에게 도움이 되고 싶어 하는 마음을 가졌다는 것도 잘 알아. 그러기 위해서 네 안의 보석을 세공하고 있다는 사실도. 너는 사실은 매우 따뜻한 사람이기도 해. 속이 깊고, 알고 보면 배려심이 많은 아이지. 남에게 기대거나 기대하지 않을 뿐, 너는 많은 사람이 자기식대로 행복하고 편안하기를 바라는 사람이기도 해.

그래도 세공하다가 시력이 상하거나, 손끝에 상처가 생기는 일은 없기를 바라. 너무 열심히 살지는 마. 실수하지 않으려고 지나치게 노력하지 않았으면 좋겠어.

파도는 저만치 밀려 나갔다가 다시 밀려들어 오고, 그래서 이 지구의 생명체들은 밀물과 썰물의 움직임 속에서 생존하고 있어. 실수한다고 인생이 주저앉는 건 아니야. 잠시 뒤로 물러설 뿐이지. 파도는 다시 앞으로 밀려올 거야. 모래사장에서 사람들의 발목을 휘감고 청량함을 선사하겠지.

그리고 너는 네 가족에게 매우 잘하는 사람이지만, 그래도 네 인생이 부모가 조형할 수 있는 인생이라고까지는 생각하지 않으면 좋겠어. 네가 사랑하는 사람들을 지켜주려면 네가 가장 강해야 하니까. 누군가의 그늘에 있기보다 그보다 훨씬 커져서 네가 사랑하는 존재들을 감싸 안아줄 수 있기를 바라. 어떤 결정을 내리건 네 개인적인 의견을 가장 존중하면 좋겠어.

항상 하는 생각이지만, 이 세상에 완벽한 사람은 없으니까 가장 너다운 보석으로 멋지게 완성되기를 바라. 조금은 울퉁불퉁하고 덜 다듬어지더라도 말이야. 오늘도 빼곡하게 채운 하루를 살아가는 네가 내일은 오늘보다 조금 더 틈새가 있는 사람이 되길 바랄게. 작은 틈으로 맑은 공기를 마시면서 너만의 보석을 사랑스럽게 품에 끌어안아 보길. 아마, 네 예상보다 훨씬 더 환하게 반짝거리고 있을 거야.

다정한 신데렐라
ISFJ_잇프제 아이

동화 속 신데렐라는 집안의 궂은일을 도맡아 하면서도 티를 내거나 잘난 척하는 법이 없다. 일할 때는 누구보다 성실하고 꼼꼼하면서도 파티장에 갈 때는 그 누구보다 아름다운 모습으로 변신한다. 급박한 상황에서도 요정이 당부한 대로 잊지 않고 자정이 되자 파티장을 빠져나온다.

신데렐라가 가장 좋아하는 일은 파티에서 춤을 추는 일이었을까, 아니면 집안을 관리하는 일이었을까? 둘 다 아니다. 신데렐라가 새엄마나 새언니의 구박을 받으면서도 미소를 짓고 일하는 재투성이 아가씨였던 이유는 일이 좋아서가 아니었다. 어쩔 수 없는 상황을 긍정적으로 받아들이려는 마음, 그리고 가족에게 도움이 되고 싶다는 이타적인 마음이었다.

자신을 챙기기보다 타인을 본능적으로 돕고자 하며, 기본적으로 선량한 마음을 가졌고, 동시에 놀라운 관리 능력을 가진 신데렐라는 어떤 유형에 가까울까? 이처럼 가정적이고 친근하며 배려심 많은 유형은 ISFJ 유형과 닮았다. ISFJ 아이도 다른 어떤 아이들보다 타인에게 도움이 되려고 하고, 남을 잘 보살핀다. 그래서 ISFJ 유형을 보호자, 봉사자, 조력자라고 부른다.

다른 아이들과 비교했을 때 이 아이는 유독 예의 바르고, 규율을 잘 지키면서도 온건하고 다정하다. 다른 사람을 잘 관리하는 유형들의 특색이 강압적이거나 지시적인 경우가 많은데, 이 아이들은 말랑말랑한 우유 카스텔라처럼 부드럽고 달콤하다. 부모님의 말씀을 잘 듣고, 시키지 않아도 부모님의 일을 돕는다. 동생들을 세심하게 잘 돌보고, 주변 정리도 깔끔하게 해서 엄마의 일손을 덜어준다.

동생을 돌보며
부모님께 도움을
준다

시험 때가 되면 계획을 세워서 시간에 맞춰 공부하고, 피곤하면 책상에 엎드려 잠이 들었다가도 다시 깨어나 계획대로 교과서를 손에 쥐고 공부에 집중한다. 항상 미리미리 대비하는 습성이 있다.

시험 때가 되면 잠시 졸다가도 계획대로 공부에 집중한다

부모에게 반항하는 일도 별로 없다. 부모로서는 참 키우기 쉬운 아이기도 하다. 항상 미소짓고 있고, 남들에게 싫은 표정을 짓는 일이 별로 없다. 역으로 말하면, 부모로서는 걱정이 될 수도 있다. 이 아이는 왜 이렇게 자기주장을 안 하는 걸까? 남들과 다투지 않는 게 아니라 매번 지고 사는 건 아닐까? 동생을 배려하는 게 아니라 동생이 해야 할 일까지 다 맡아서 하는 건 아닐까?

만약 부모가 그런 생각을 했다면 아이에게 관심을 두고 제대로 지켜보고 있는 것이다. ISFJ 아이는 자신을 먼저 돌보기보다는 자신이 해야 할 일에 집중하는 아이다.

이 아이가 이렇게 꼼꼼하고 완벽하게 일을 잘한다는 점은

ISTJ 아이와 비슷하다. 두 유형 모두 현실적인 일 처리에 뛰어난 유형이고, 복잡한 일을 순차적으로 해결해나가는 능력이 두드러진다. 단지 차이점이 있다면, ISTJ 아이는 일 자체의 성과에 더 집중하는 유형이고, ISFJ 아이는 일 자체보다는 그 일의 의미를 더 중요하게 생각한다는 점이다. 자신이 일함으로써 다른 사람들이 얼마나 편해질지에 관해서 관심이 있다.

그래서 ISTJ 아이에게는 능력이나 성과에 대한 칭찬이 필요한데, ISFJ 아이는 단순히 결과에 대한 칭찬보다는 아이의 의도에 대한 칭찬이 더 필요하다. 아이가 부모를 돕거나 친구들에게 잘해주는 모습을 당연하게 받아들이지 않고, 아이의 수고를 칭찬해주어야만 아이가 부모와 통하고 있다고 느낄 수 있다.

아이의 도움을
당연하게 받아들이지 말고
꼭 칭찬해주도록 하자

ISFJ 아이 반대 유형은 모든 글자가 반대인 ENTP 유형 아이다. ENTP 유형은 변화무쌍하고 아이디어가 차고 넘치는 아이다. 친구들과의 관계에서 개방적이고, 자신의 카리스마와 매력으로 친구들을 이끌기도 하고, 박학다식을 넘어서 자신만의 관점이나 해석을 중요하게 생각한다. 반면에 세부적인 것을 잘 못 챙기고, 마무리 짓는 것이 약하기도 하다.

그렇다면 ISFJ 아이에게는 어떤 면이 숨어 있을까? ISFJ 아이는 ENTP 아이와 달리 똑 부러지게 정리도 잘하고 마무리도 깔끔하게 하지만, 대신 돌발적인 상황이나 급격한 변화에 적응하기 어려워한다. 성실하지만 직관적으로 아이디어를 내는 면은 약하고, 꼼꼼하게 뭔가를 정리하는 면은 뛰어나지만, 넓은 시야각으로 멀리 미래까지 보는 면은 취약한 편이다.

부모가 이 아이를 키우면서 가장 신경 써 줘야 할 점은 이 아이의 배려심과 봉사 정신이다. 만약 신데렐라의 아버지가 아이에게 조금만 더 관심을 가졌더라면 아이는 그렇게까지 재투성이 하녀로 일하지는 않았을 것이다. 마찬가지로 아이가 자기일에 대한 책임감이 강하고, 완벽하게 마무리를 하는 점은 장점이지만, 부모가 자칫 '아이가 아직은 아이일 뿐'이라는 사실을 망각할 수 있다.

이 아이는 공기에 비유할 수 있다. 너무나 당연하게 자기 할 일에 충실하고, 자기 자리를 잘 보존하며 다른 사람들에게 불편을 끼치지 않기 때문에, 어느 순간부터 부모조차 아이의 노력을 당연하다고 여길 수 있다. 그러나 공기가 없으면 숨을 쉴 수 없고, 공기가 없어진 후에야 공기의 소중함을 깨닫게 되는 법이다.

　친구 관계에서도 ISFJ 아이는 다른 친구들을 배려하다가 자신의 속이 썩어가는데, 약도 바르지 않고 방치하거나, 밤새 속앓이를 할 수도 있다. 모든 친구가 자신처럼 타인에게 부드럽게 말하고, 상대를 배려하는 건 아니기 때문이다.

　직설적으로 말하는 친구도 있고, 일부러 시비를 거는 친구도 있다. 그런데 ISFJ 아이는 누군가 자신에게 공격적으로 대해도 당장은 대응하지 못하는 경우가 많다. 갈등이나 싸움을 좋아하지 않고, 타인에게 공격적인 태도를 보이고 싶지도 않기 때문이다. ISFJ 아이의 또 다른 별명은 '천사'다. 그러나 인간인 이상 어떻게 천사가 될 수 있을까? 아이는 단지 앞에서는 아무 반응을 보이지 못할 뿐, 심장에서는 피가 철철 흐르는 경험을 한다.

직설적으로 말하는 친구의 말에
밤새 속앓이를 하기도 한다

 **천사같이 착한 아이**

가족 관계에서도 사실 크게 다르지 않다. 부모는 아이가 '착한 아이'라고 편하게 생각하지만 말고 배려하고 챙겨주는 게 좋다. 아이의 말에 생각 없이 반응하기보다는 아이의 말이나 행동 뒤에 숨은 욕구나 동기를 살펴보는 게 좋다. ISFJ 아이는 생각이 충분히 여물기 전까지 자기 생각을 공유하지 않는다. 아이가 수줍음을 탄다고 생각하기 전에, 항상 미소 짓는다고 생각하기 전에, 아이가 미처 표현하지 못한 건 없는지 살펴보고 기다린다. 형제간에서도 양보만 한다면, 부모가 ISFJ 아이 편을 들어주도록 해본다. 매번 그럴 필요는 없지만, 아이가 얼마나 노력하고 애쓰고 있는지를 부모가 알아주면 아이는 감동할 것이다.

〈칭찬은 고래도 춤추게 한다〉라는 책 제목처럼 ISFJ 아이에게는 칭찬과 격려가 큰 역할을 한다. 다만 칭찬받으려고 아이가 무리할 수 있으니 유달리 다른 사람을 신경 쓰는 아이에게 거절하는 것도 괜찮다고 이야기해 주자. ISFJ아이는 웬만한 건 싫다고 하지 않는 편이라서 정말 싫은 일이 아니면 수락하는 경우가 많다. 그 경우 많은 일을 떠맡고 후회하기도 한다.

ISFJ 아이와 닮은 그리스 신화 주인공은 화로의 신이자 가정의 수호신인 '헤스티아'다. 이 여신은 그리스의 열두 신 중 한 명인데도 다른 말썽쟁이 신들처럼 기행을 부리지 않는다. 아무 소란도 피우지 않고, 극단적인 행동을 하지도 않는다. 유일하게 정상적이며, 조용하게 지낸 올림포스 신 중 한 명이다. 그녀는 말다툼이나 싸움, 사고, 전쟁을 거부하고 인간에게 따뜻한 화롯불을 전해주었다. 인간들은 그녀가 전달해준 화로에 모여 서로 담소를 나누고, 추운 몸을 따뜻하게 녹이고, 요리하면서 생존할 수 있었다.

ISFJ 유형의 유명인은 마더 테레사와 지미 카터 대통령이 있다. 가상 인물로는 용감한 수호자인 '캡틴 아메리카'와 셜록의 조수이자 친구 '왓슨', 〈피터 팬〉의 '웬디'가 있다.

부모와의 관계를 알아보면 ISFJ 아이를 좀 더 잘 이해할 수 있다.

NT 기질 부모와 ISFJ 아이

ISFJ 아이와 NT 기질 부모의 가장 큰 차이점은 감정 표현의 차이다. 물론, 감각과 직관의 차이가 있지만, 두 유형 사이에서 현실적으로 가장 크게 오해가 일어날 수 있는 부분은 공감의 측면이다.

ISFJ 아이와 애착 관계를 형성하려면 무엇보다 대화할 때 표정이나 말투에서 따뜻함과 부드러움을 표현하는 게 좋다. 가끔 NT 유형은 직설적으로 말하거나 가차 없는 비판을 던질 때가 있다. 부정적인 의도가 아니라, 장난하는 느낌으로 말을 툭 던지는 경우도 있다. 그런데 ISFJ 아이는 진지하고 고지식한 면이 강하고, 모든 유형 중에서 가장 상처를 잘 받는 유형이기도 하다. 그래서 농담을 진지하게 고민하는 일도 있고, 상대방의 직설적인 말투에서 상처를 입기도 한다.

NT 부모가 자신의 영민한 말솜씨나 유쾌한 직언, 직설을 굳이 버릴 필요는 없다. 단지 이 아이에게 뭔가를 말할 때는 따뜻한 미소를 짓고, 말투를 최대한 부드럽게 하도록 애쓰면 좋다.

아이에게 뭔가 얘기할 때는 편안한 분위기를 먼저 형성하고 말하는 게 아이가 솔직하게 말할 수 있는 배경이 된다. 학교생

편안하고 따뜻한 분위기에서
대화를 나눈다

활은 어땠는지, 친구와는 별일 없었는지, 아이에게 물어봐도 자유롭게 말할 분위기가 아니면 아무 말도 안 할 가능성이 높다. 그저 "괜찮아요."라고만 말할지도 모른다.

NF 기질 부모와 ISFJ 아이

ISFJ 아이와 NF 부모는 서로의 감정적인 배려가 잘 맞아서 대체로 잘 지낸다. NF 부모는 아이에게 아낌없는 애정 표현을 하고 아이를 자주 끌어안고 격려해주는 선수다.

두 유형이 잘 안 맞는 부분이 있다면 상상력과 학구적인 호기심 부분이다. NF 부모는 상상력과 공상에 특화된 기질이라서 아이와 상상이나 창의적 발상에 대한 이야기를 나누고 싶어 하는데, ISFJ 아이에게는 그런 과정이 상당히 머리 아픈 과정일 수도 있다.

왜냐하면 ISFJ 아이에게 가장 취약한 부분이 바로 변화를 추구하거나 새로운 생각을 내놓는 부분이기 때문이다. 아이는 기존의 방식대로, 하던 대로, 경험해봤던 것을 항상 선호한다. 도리어 이미 알고 있는 사실을 다르게 생각해야 한다고 느끼면 패닉에 빠지는 경우도 있다.

부모가 아이에게 창의력이나 독창성을 키워주며 무작정 새로운 생각을 말해보라고 하면, 아이는 부모의 요구에 부응하지 못할 수 있다. 예시를 주고 차근차근 사실적인 상황을 비교하는 일부터 시작해서 자신만의 창의적인 작품을 만들 수 있도록 부모가 지도하도록 한다.

새로운 방식과 변화는
아이에게 혼란을 줄 수 있다

자기 내면의 자아성찰에 집중하는 부모와 달리, 아이는 자신의 외면적인 모습이 다른 사람들에게 어떻게 보일지 고민한다. 그 덕분에 자신을 잘 꾸미고, 적절한 처신을 하고, 생활의 지혜를 쌓아가지만, 대신 다른 사람들에게 휘둘릴 우려도 있다. 아이가 지나치게 남의 눈치를 보지 않도록 이야기해준다. 자신에 대해 생각해볼 수 있도록 다양한 문화생활을 함께 해보는 것도 좋다.

SP 기질 부모와 ISFJ 아이

자유롭고 충동적인 성향이 강한 SP 부모가 ISFJ 아이를 보면 지나치게 형식에 얽매여있다는 생각이 들 것이다. 이 아이는 모험도 싫어하고, 뭔가를 자율적으로 하려고 하기보다는 규칙에 성실하게 따르는 유형이다.

부모가 아이와 지낼 때 가장 조심해야 할 부분은 약속과 관련된 부분이다. 부모는 기분에 따라 뭔가를 해주겠다고 하고 잊어버리는 경우가 있다. 혹시라도 공수표를 던지면 아이는 부모를 신뢰할 수 없다. ISFJ 아이는 부모가 자신을 존중하지 않는다고 생각할 수도 있다. 이 아이에게 약속은 매우 중요한 덕목이기 때문이다.

약속을 지키지 못하는
상황에서는
미리 사과하도록 한다

만약 약속을 지킬 수 없는 상황이라면 미리 얘기하고 아이에게 미안하다고 말하도록 한다. 아이에게 뭐 그렇게까지 예의를 지키느냐는 생각이 들 수도 있지만, ISFJ 아이에게 예의와 매너 또한 매우 중요한 덕목이다.

SJ 기질 부모와 ISFJ 아이

SJ 부모는 일 처리를 열심히, 조직적으로 하는 유형이다.

ISFJ 아이도 그렇다. 그러다보면 두 유형이 한집에 있을 때, 둘 다 휴식 시간을 못 챙길 우려가 있다. 열심히 일하는 것도 좋지만, 부모가 나서서 아이가 쉴 수 있도록 배려하는 게 좋다. 특히 아이가 가족들 몫까지 나서서 정리, 정돈하지 않도록 아이의 부담을 줄여주도록 한다.

자기 할 일만 잘하는 것도 대단한 일이다. 집에서부터 자기 자신을 챙기도록 가르쳐주면, 아이는 밖에 나가서 친구들과 관계를 맺을 때도 합리적인 태도를 가질 수 있다.

둘 다 미래에 대한 불안감이 클 수 있으므로, 여유를 배울 수 있도록 부모와 아이가 피크닉을 가거나 산책하러 나가는 것도 도움이 된다. 좀 더 느긋하게, 여유를 가지고 함께 시간을 보내본다.

특히 SJ 부모는 다른 아이와 비교하는 경우가 있는데, ISFJ 아이는 자기가 부모에게 사랑받지 못한다는 걱정을 할 수도 있으니, 비교는 하지 않는 게 좋다. 아이는 그렇지 않아도 가족의 마음에 들 수 있도록 열심히 노력하고 있는데, 부모가 비교를 시작하는 순간, 뭔가 더 해야 한다는 압박감을 받을 수 있다.

ESTJ 부모는 시원시원하고 일 처리가 빠른 편인데, 아이는 신중하고, 심사숙고하며, 뭔가 결정을 내리기까지 많이 고민하는 편이다. 아이가 혼자서 끙끙거린다고 답답하다고 생각할 수도 있지만, 아이에게 빠른 결정과 실행을 요구하면 아이는 버퍼링이 걸리고 부모에게 짜증을 낼 수도 있다. 아이만의 속도를 인정해주고, 아이가 결정하도록 여유를 주면 좋다.

여유를 가지고
느긋한 시간을
보내도록 한다

ISFJ_아이_핵심 정리

1. 양파 같은 아이. 깊은 마음속은 잘 드러내지 않는다.
2. 16가지 유형 중 가장 다른 사람을 신경 쓰고 잘해주려고 애쓰는 아이.
3. 뒤에서 몰래 도움을 주는 아이.
4. 칭찬해주면 더 열심히 하다가 번아웃이 올 수도 있다.

ISFJ에게 주는 따뜻한 한마디

　네게 책임감이란 너의 가장 큰 장점이자 네 아킬레스건이기도 해. 사실 너만큼 네 책임을 완벽하게 완수하는 아이가 어디 있겠니? 그렇게 따뜻한 마음으로, 훈훈한 애정으로, 자신의 책임을 스스로 완수하는 아이라니, 아마도 그래서 사람들이 네게 천사라고 말하는 것 같기도 해. 그런데 가끔 넌 과도한 책임을 떠맡는 경우가 있는 것 같더라. 일을 잘하고 싶다는 생각도 있지만, 때로는 주변의 소망을 미리 들어주고 싶은 마음에서 애쓰는 것도 있는 것 같아.

　네겐 인간으로서의 책임감이라는 것도 항상 큰 파이를 차지하고 있잖아. 네 안에는 인간이라면 당연히 해야 할 규칙 리스트 같은 게 있어. 그래서 너는 네가 생각하는 최소한의 기준에 맞춰서 다른 사람들에게 예의를 지켜서 행동하는 거야. 그런데 어떤 사람들은 그 한도를 훌쩍 넘어서 멋대로 다가오는 경우도 있잖아. 잘 쌓아 둔 담을 무너뜨리면서까지 네 영역 안으로 침범해 들어오고, 네 리스트에 신발 자국을 내지.

그런 상황을 네가 용서할 수 없다고 느끼는 것도 당연해. 화가 날 수밖에 없을 것 같아. 사실 이 세상엔 자기 멋대로 행동하거나 매너가 없는 사람들이 꽤 있어. 삐뚤어진 시각으로 상황을 보거나, 상처가 될 수 있는 말을 아무렇지도 않게 던지는 사람도 있지. 너니까 그런 상황에서 아무 말을 하지 않고, 매너 없이 행동하지 않는 거야.

그런데 그렇게 마음속에 쌓여가는 서운함이나 울분이 점차 커지면 네 안의 기쁨과 행복의 비율이 그만큼 줄어들지 않을까? 난 그런 점이 걱정이야.

어디선가 읽은 문장인데, 네 잎 클로버가 '행운'을 상징하잖니? 그럼 세 잎 클로버는 무슨 뜻을 지니고 있는지 아니? 세 잎 클로버의 꽃말은 '행복'이래. 어디서나 볼 수 있는 세 잎 클로버에 행복이라는 아름다운 뜻이 숨어 있다니. 한 번의 행운과 매일의 행복 중 어떤 게 더 소중할지는 개인이 결정할 문제지만, 난 네가 뭔가를 잘 해내고 인정받고 나중에 좋은 행운을 얻기보다는, 지금 이 순간을 즐기면 더 좋겠어.

더 행복해지자.

야무지고 똑똑한 헨젤
ESTJ_엣티제 아이

　'아무것도 안 하기가 제일 힘들어'라면서 언제나 최선을 다하는 아이는 어떤 아이일까? 아직 꼬맹이인데도 주변 돌아가는 상황을 재치 있게 알아채고, 센스 있게 행동하는 아이는 어떤 유형일까? 말썽도 피우지 않고, 눈앞에 닥친 일을 척척 해내며, 멍하게 공상에 빠지는 일도 없고, 시킨 일은 빠른 속도로 완수하는 아이.

　'극복하지 못할 일은 없어!'라면서 집념과 저력으로 단단하게 무장한 이 아이는 바로 ESTJ 아이다. ESTJ 아이는 똑똑하기도 하지만, 어려움을 잘 극복하는 아이다. 〈헨젤과 그레텔〉

에서 헨젤의 야무진 모습은 ESTJ 유형과 닮았다.

헨젤은 자신이 버림받은 것을 알아채고, 살 궁리부터 한다. 부모가 아이들을 숲속에 버리는 상황인데, 보통 어린아이라면 겁에 질리거나, 부모를 원망하거나, 울음을 터트렸을 것이다. 하지만 이 씩씩한 꼬맹이는 자기 처지를 슬퍼하기 전에 해결책부터 생각한다

동생과 함께 숲속에 버려졌을 때, 돌멩이나 빵 조각을 활용해서 집에 돌아가는 길을 확보한다. 이후에도 마녀에게 먹힐 위험 상황에서 포기하지 않고 도리어 마녀를 물리친다. 결국에는 마녀의 금화까지 들고 집으로 금의환향한다. 헨젤은 난관에 굴복하지 않는 ESTJ 유형의 면모를 잘 보여준다.

이 동화에서 찾아볼 수 있는 헨젤의 또 다른 면은 바로 가족과 부모를 대하는 태도다. 부모는 아이를 버렸지만, 헨젤은 동생 그레텔을 보호하고 챙긴다. 부모에게 금화를 안기는 헨젤은 가족의 행복을 바라는 가족적인 아이기도 하다.

ESTJ 아이에게는 불사조 같은 면이 있다. 아이는 어려서부터 자신이 할 일을 스스로 찾고, 뭐든 적당히 하는 법이 없다. 단순히 열심히만 하는 게 아니라, 좋은 결과를 볼 때까지 멈추지 않는다. 온몸이 불타는 것처럼 밝고 아름다운 깃털로 싸여 있는 불사조는 신화 속 상상의 새다. 깃털 자체가 불꽃으로 만들어졌다는 이야기도 있을 정도로 멀리서도 빛을 발한다. 이

**불사조같이 죽지 않는
열정의 소유자**

새는 500년마다 자신의 잿더미 속에서 무한 부활한다고 한다.

아이는 뛰어난 능력을 보여주지만, 그만큼 남몰래 노력하는 아이기도 하다. 그래서 아이는 우등생과 모범생의 깃털 밑에 끈기와 근성을 숨겨 두었다. 끝없이 타오르다가 재가 될 것 같은 불사조가 죽지 않고 부활하듯이, 아이의 열정과 욕구는 항상 살아 있다. '아이는 될 때까지 한다.'

ESTJ 유형에 대해 재미있는 표현이 있다. 이 유형은 일이 없으면 일을 만들고, 백수라도 번아웃이 가능하다는 것이다. 천하무적, 미션 파서블(Mission Possible), '황금의 손' 미다스 등이 이 아이와 어울리는 단어다.

ESTJ 아이는 어릴 때부터 자기 의사 표현이 확실하고, 논리적으로 말하며, 리더십이 있다. 학급에서 감투를 쓰는 일이 많은데, 혹시라도 감투를 쓰지 않더라도, 반에서 든든한 울타리 역할을 한다. 믿을 만한 학급 구성원이면서, 모범적인 학생이

며, 결단력이 있고, 할 말은 하는 편이라서, 의사 결정할 때 이 유형의 아이에게 조언을 구하는 경우도 많다.

ESTJ 유형과 ENTJ 유형은 겉보기엔 비슷한 면이 많다. 두 유형 모두 해야 할 일에 집중력이 뛰어나고, 감정 표현을 잘하지 못하며, 친밀한 인간관계보다 일의 수행에 더 몰두하는 편이다. 계획표를 빠듯하게 짜고, 부지런한 면도 비슷하다.

단 ESTJ 유형 아이가 훨씬 더 현실감각이 뛰어나고 실용적이다. ESTJ 아이는 눈앞에 닥친 일을 확실하고 재빠르게 처리하는 면, 즉 수행 능력이 매우 뛰어나다. 아이는 정확하게 맡은 일을 처리하는 능력이 좋다. 그 대신 ENTJ 유형은 미래까지 바라보는 넓은 시야가 있고, 혁신적인 변화를 잘 받아들인다.

자기 몸을 태우면서 불타오르는 피닉스처럼, ESTJ 아이는 자기희생을 두려워하지 않고 의무를 수행한다. 집안 행사 때 작은 도움이라도 되려고 자기가 할 수 있는 일을 스스로 찾는다. 동생이 있다면 같이 놀아주고, 필요한 돌봄을 준다. 때로는 작은 어른처럼 행동한다. 부모가 바쁘면 어리광을 피우기보다는 도리어 부모를 챙겨준다. 그러다 보면 잔소리하거나 지적도 한다.

부모는 아이가 뭐든 알아서 잘하기 때문에 대견스럽기도 하면서, 아이가 지나치게 사리 분별을 따지는 모습이 불편할 수도 있다. 그런데 ESTJ 아이가 잔소리하는 건 애정의 표현인 경우가 많다. 직설적인 표현으로 말하는 건 아이가 꾸밈없고 솔직하기 때문이다. 아이는 상대방이 어떻게 느낄지 잘 모르고 말하는 경우가 많다. 부모는 아이의 이런 면을 알고, 타인에게 자신의 의견을 부드럽게 표현하는 법, 사람마다 받아들이는 느낌이 다를 수 있다는 점 등을 자연스럽게 알려주도록 한다.

동생과도 잘 놀아준다

아이의 잔소리는 대게
애정표현이다

어린 시절부터 자신의 장점을 잘 인정받고 격려받은 아이는 자라면서 자신의 약점도 잘 극복할 수 있게 된다. ESTJ 아이가 가장 취약한 부분은 타인의 감정을 살피는 부분이다. 일을 어떻게 하면 효율적으로 잘할 수 있을지, 상황을 어떻게 더 나은 방향으로 전환할 수 있을지에 대해서는 판단력이 뛰어난 아이지만, 대신 세밀한 감정 탐색은 약한 편이다. 타인뿐 아니라 자신의 감정도 마찬가지다. 하지만 자기 추진력이나 일 처리 능력을 진심으로 인정받은 아이는 시간이 흐르면서 자신의 감정과 상대방의 감정까지 살필 수 있게 된다.

아이의 빠른 결단력과 행동력, 뚝심과 근성, 아무리 어렵고 힘든 일도 맞닥뜨려서 자기 힘으로 해결하고자 하는 저력은 ESTJ 아이의 장점이지만, 단점도 될 수 있다. 아이가 뭐든 혼자서 잘한다고 부모가 아이를 무조건 받아주기만 하면, 장점은 커지다 못해 오히려 비대해질 위험도 있다.

그래서 믿음직한 아이의 일면은 강인함으로 변모하고, 그 강인함은 강직함으로 옮겨가고, 이후에는 강요가 시작된다. 자기 확신이 어느 순간 타인 통제로 변해가는 것이다. ESTJ 유형은 능력만큼 수많은 흑화 버전도 양산해 낸다. 까칠하거나, 화를 잘 내거나, 권위나 지위를 내세우거나, 세속적인 집착을 한다고 말하는 사람들도 많다.

하지만 한가지 확실한 점은 사람들이 흔히 ESTJ 유형의 일면이라고 생각하는 보수적, 가부장적인 일면은 ESTJ 유형의 진짜 모습이 아니라는 것이다. 우리나라에 ESTJ 유형의 비율이 높고, 그동안 시대를 힘들게 버텨온 앞 세대들이 고난에 대응하는 방식, 스트레스에 맞서는 방식으로 ESTJ의 장점을 과하게 활용한 것일 뿐이다. 살아온 환경이 달라진다면 건강한

ESTJ 유형이 더 많아질 것이다.

도리어 ESTJ가 SJ 기질로서, 생산적이고 봉사적인 측면이 강해서 이 유형에게 휴식이나 여가 생활이 더 필요할 수 있다. SP 기질은 통상 '공부도 좋지만 노는 게 더 좋아.'라고 생각한다. 그런데 SJ 기질은 '노는 것도 좋지만 할 일은 해야지.'라는 생각을 항상 가지고 있다.

그러다 보니 SJ 기질은 번아웃에 빠지는 경우도 꽤 많다. 부모가 아이에게 어린 시절부터 공부와 일과 휴식을 즐길 수 있도록 도움을 주는 것도 좋을 것이다. 어린 시절부터 마음의 여유를 찾는 법을 가질 수 있다면 앞으로 아이의 조화로운 삶에 많은 도움이 될 수 있다.

마음의 여유를 가질 수 있도록 도와주자

이 유형은 수많은 문학 작품에서 강인하고 자기 주관이 확실하며 능력이 뛰어난 주인공 역할을 한다. 애니메이션 〈공주와 개구리〉의 '티아나 공주'도 당당한 커리어우먼으로서 ESTJ의 모습을 보여준다. 해리포터의 야무진 친구 '헤르미온느'도

ESTJ 유형에 가깝다. 〈짱구는 못말려〉의 '철수', 〈그리스 신화〉의 '헤라클레스', 〈반지의 제왕〉 '보로미르'도 ESTJ 유형이다. 유명 인물로는 힐러리 클린턴, 경영의 신 존 D. 록펠러, 미국 대통령 제임스 먼로와 린든 B. 존슨 등이 있다.

회사의 고위직, 중역, 사업가 등에서도 ESTJ 유형을 많이 만날 수 있다. 항상 노력하고, 분석, 연구, 관리, 조직화, 추진력 등이 좋아서 행정가나 관리자로도 역량을 발휘한다. 슈퍼우먼이나 알파걸의 모습도 있어서 결혼 후에 직장과 가사를 훌륭하게 겸임하는 주부 중에 ESTJ 유형이 두드러진다. 직장에 다니지 않더라도 여러 가지 일들을 효율적으로 수행하는 수완가이자 능력자 부모가 많다.

부모와의 관계를 알아보면 ESTJ 아이를 좀 더 잘 이해할 수 있다.

NT 기질 부모와 ESTJ 아이

ESTJ 아이는 고집스러운 면이 있다. 자신이 원하는 목표를 달성하고자 노력할 때는 주변을 돌아보지 않는다. 추진력이 좋고 결과를 향해 달려가는 면은 장점이지만, 때로는 과정을 즐기지 못하고 성과만 쳐다보면서 달릴 수 있다.

그래서 NT 기질 부모가 아이에게 해줄 수 있는 일은 열심히 공부하고 좋은 결과를 내는 영역 이상의 넓은 시야다. 당장의 성과가 자기 인생에서 차지하는 위치를 알고, 장기적으로 먼 미래까지 보면서 자신이 할 일을 찾아가는 부분은 부모가 아이에게 보여줄 수 있는 부분이다.

NT 기질은 자신이 좋아하고 잘하는 분야에 몰두하는 면이 강하다. ESTJ 아이는 결과만을 위한 공부를 하는 부분이 있다. 경력을 얻기 위한 공부도 좋지만, 공부하는 즐거움을 스스로 깨닫도록 아이에게 학습 자체의 즐거움을 알려주면 좋을 것이다. 그런 즐거움을 통해 아이는 결과만 바라보지 않고, 과정 자체를 순수하게 즐기는 법을 알게 된다. 그러면서 자신의 인생에서 중요한 부분은 뭔지, 삶에서 어떤 식으로 일과 취미와 여유를 조화롭게 즐길 수 있는지도 깨달을 수 있다.

그리고 아이는 준비된 상황에서 모든 도구와 장비를 갖추고

아이가 필요로 하는 자료나 장비, 도구들을 준비해 주자

학습하고자 하는 욕구가 크기 때문에 부모는 아이에게 필요한 자료들을 풍부하게 준비해주면 좋다. 아이가 자기 기준대로 열심히 사는 모습을 칭찬해주면서, 열심히 하는 것 이상의 '즐기는 삶'으로서의 공부도 격려해주도록 한다.

NF 기질 부모와 ESTJ 아이

ESTJ 아이와 NF 부모 사이 관건은 '사색'이다. NF 유형 부모에게 정신적 차원의 사색이나 직감, 몽상 등은 큰 부분을 차지한다. 그런데 ESTJ 아이는 실용적이고 현실적이어서 상상은 잘하지 않는다. 아이는 현실을 잘 살아나가는 데 관심이 크고, 부모는 자기 삶을 정신적으로 잘 살아나가고 싶어 한다. 그래서 서로의 세계를 존중해주지 않는다면 부모와 아이는 각자 혼란에 빠질 수 있다. 상대방이 왜 그 세계를 그렇게 중요하게 여기는지 도무지 알 수 없기 때문이다.

또한 부모는 누군가에게 뭘 시키거나 지적하는 일을 좋아하지 않는다. 아무리 자기 아이더라도 아이의 개성을 존중하고 싶어 한다. 그런데 아이는 누군가가 명확하게 지시하고 규칙을 세워주기를 원한다. 아이는 개성을 찾기보다 주변에 도움이 되고 싶어 한다.

그래서 NF 부모가 ESTJ 아이를 키울 때는 분명하게 지시 사항을 전달하도록 하면 좋다. "내일 어디 놀러 가자."라는 말은 아이에게 명확한 의미를 전달하지 못한다. "내일 오후 2시에 식당 예약했으니 같이 가서 점심 먹자."라고 말하는 게 아이에게 더 잘 맞는 전달법이다. "밥 잘 먹고 건강해."라고 모호하게 소망을 전달하기보다는, "식사 후에는 매일 30분씩 산책하고, 잠은 밤 열 시에 자자."라는 식으로 구체적으로 얘기해주도록 한다.

지시사항은
분명하고 확실하게
전달하자

ESTJ 아이에게 NF 부모가 가장 잘 알려줄 수 있는 부분은 다른 사람들에게 상냥하게 의사를 전달하는 법이다. 꼭 필요한 말을 효율적으로 전달하려다 보니 ESTJ 아이의 말은 상대방에게 차갑거나 지시적으로 들릴 우려가 있다. 아이에게 사람들이 가질 수 있는 오해에 관해 설명해주고, 오해 없이 의사를 전달할 수 있는 표현법을 같이 생각해보도록 한다.

SP 기질 부모와 ESTJ 아이

SJ 아이들은 가족 안에서 자기 역할을 잘 수행하고 부모에게 효도하는 착한 아이들인 경우가 많다. 기본적으로 유교적인 예의범절을 잘 지키는 편이고, 다른 사람에게 도움이 되고 싶어 하기 때문이다.

SP 부모는 어딘가에 구속되는 일을 가장 싫어하다 보니, 타인에게도 자유를 부여하려고 노력한다. 그런데 ESTJ 아이에게 모든 선택권을 주면 아이는 도리어 혼란스러워할 수 있다. 이 유형은 세부적인 지침을 잘 내려줄 때 더 자기 역할을 잘 수행하는 아이다. 그래서 아이에게 "너 알아서 해."라고 자율권을 마냥 부여하기보다는, 선택권을 주는 방식으로 제안하는 게 좋다. 예를 들어, 그림 숙제할 때도 "네가 알아서 해봐."라고 말하기보다는 "바다 그림을 그릴래? 아니면 동물이 좋아? 아니면 가족을 그릴까?"라는 식으로 예시를 던져주면 아이가 더 쉽게 시작할 수 있다.

또한 아이는 정리된 환경을 좋아하는데, SP 부모는 주변이 어질러져도 크게 신경을 쓰지 않아서 갈등이 생길 수 있다. 이럴 때는 아이가 잔소리한다고 생각하지 말고, 도리어 아이에게 청소 등 소소한 역할을 주고 용돈을 주는 식으로 변형하면 좋다.

깨끗한 것을 좋아하는 아이에게 청소 등의 역할을 주는 것도 좋다

부모가 보기엔 때로 아이가 너무 힘들게 세상을 사는 것 같아서 이해가 안 될 수도 있다. 부모는 누구보다 여유를 즐기고 적당히 상황에 맞춰 사는 일에 최적화되어 있기 때문이다. 하지만 성향이 다르다 보니, 아이 입장에서 부모와 똑같은 방식으로 지내라고 하는 것은 무리가 있다.

아이가 가장 잘할 수 있는 정리 정돈이나 계획 등을 스스로 세우도록 하고, 아이가 스스로 자기 몫을 해내는 모습에 박수를 보내도록 한다. 물론 아이가 규칙적인 습관을 중요하게 생각하기 때문에 자기 방식에 갇힐 우려도 있다. 지나치게 규격

화하거나 규정에 너무 얽매이는 건 아닌지, 그 부분만 잘 관찰하도록 한다. 아이의 인정 욕구를 소소하게 채워주면 아이는 좀 더 만족스럽게 자랄 수 있을 것이다.

SJ 기질 부모와 ESTJ 아이

SJ 부모와 ESTJ 아이는 서로의 목표지점이 같아서 특별한 설명이 없어도 각자 서로 할 일을 잘해 나간다. 한 가지 주의할 점은 둘 다 책임감이 있고 완벽주의적인 면이 강한데, 그런 성향이 너무 극단으로 치우치지 않도록 하는 점이다.

특히 완벽주의가 지나치면 도리어 일을 완수하는 데 방해가 되는 경우가 많다. 잘하려다가 무리하는 경우도 있지만, 잘하고 싶어서 뭔가를 선뜻 시작하지 못하거나, 계속 세부 사항에만 집중하다가 진도를 못 나가는 경우도 생기기 때문이다. 공부도 그렇지만, 일상생활도 마찬가지다.

부모는 아이가 좋은 성적을 받아오면 칭찬하는 것도 좋지만, 성적이 좋지 않더라도 지나치게 실망하는 티를 내지 않도록 한다. 아이가 좋은 결과에 더 집착할 우려가 있다.

아이가 많은 부담을 혼자 짊어지지 않도록 새로운 학기가 시작하거나 전학갈 일이 생길 때, 미리미리 대비하고, 같이 준비하도록 한다. 예습을 같이하거나, 학교를 찾아가서 어떤 학교에서 공부하게 될지 미리 살펴보는 것도 좋다.

아이의 성적이 좋지 않더라도 지나치게 실망하는 티를 내지 말자

아이는 정해진 상황, 미리 준비된 상황에서 편안함을 느낀다. 익숙하지 않은 환경이나 급격하게 변화하는 환경에서는 다른 기질보다 스트레스를 많이 받는다. 준비 능력이 탁월한 점이 SJ 기질의 장점이니 아이와 부모가 함께 변화에 대해 대비를 하면 좋다.

어릴 때부터 역할을 정해주고 소소하게 일을 수행할 때마다 아이에게 칭찬을 하도록 한다.

ESTJ_아이_핵심 정리 ─────────────────────────●

1. 공든 탑을 쌓는 아이 – "노력하면 안 되는 건 없다."
2. "내가 제일 잘 나가."(잘 나갈 거야)
3. 자주 하는 말. "그래서 결론이 뭔데?"
4. 항상 시동을 걸어둔 상태.

ESTJ에게 주는 따뜻한 한마디

교육학자 레오 버스카글리아 교수의 〈살며 사랑하며 배우며〉에서는 이런 이야기가 있어. 교수가 사랑학 수업 시간에 학생들에게 질문한 내용이야.

"만약 갑자기 5일 후에 죽게 된다면 5일간 뭘 할 건가요?"

학생들은 어리둥절하다가 여러 가지 답변을 내놓지. "항상 먹던 거 말고, 그동안 비싸서 못 사 먹어 봤던 최고급 음식을 사서 맛볼 거예요", "짝사랑하던 그녀에게 고백하겠어요", "부모님께 사랑한다고 말하겠어요", "여행을 떠나겠어요." 등등 말이야.

그러자 교수가 학생들의 대답을 다 듣고 나서 뭐라고 말했을까? 교수는 이렇게 이야기했어.

"여러분, 지금 당장 그 일을 하세요. 왜 나중으로 미뤄두고 있나요? 우리에게 남은 인생이 5일 보다 길지 어떻게 확신하나요?"

너라면 교수에게 어떤 대답을 했을 것 같니? 한번 곰곰 답을 생각해보면 네 정서적인 욕구가 드러날 수도 있을 것 같아. 네가 이룰 수 있는 것 말고, 네가 하고 싶은 것 말이야. 지금 이 순간 네게 즐거움을 줄 수 있는 것들. 네가 행복감을 줄 수 있는 것들 말이지.

아직 어른이 되기 전이라면 네가 평생 살면서 꼭 잊지 말았으면 하는 점이 있어. 살다 보면 모든 일이 계획이나 예상대로 되는 것은 아니라는 점이야. 혹시라도 나중에 원하는 결과가 나오지 않더라도, 네가 꼭 누리고 싶었던 결과를 가지지 못하는 일이 생기더라도, 너무 실망하지 않았으면 좋겠어. 네가 얼마를 가지든지, 네가 누릴 수 있는 부분은 따로 또 만들어갈 수 있으니까. 삶에서 기쁨을 주는 일들은 생각보다 사소한 것일 수도 있어.

〈오즈의 마법사〉에는 심장을 잃어버린 양철 나무꾼이 나오잖아. 그는 중세 시대에 갑옷으로 무장한 기사와 닮았어. 군주에게 충성하고 레이디에게 예의를 지키고, 창과 방패를 지닌 채 전투의 최전선에서 활약하는 기사 말이지. 기사는 용맹하고 유능하지만 우리는 갑옷 속 기사의 얼굴을 모르지. 존경스러운 기사일 뿐. 양철 나무꾼이 심장을 되찾고, 기사가 갑옷을 벗고 자신의 얼굴을 찾듯, 너 역시 네 몸을 둘러싼 의무와 책임감을 벗어 놓고 너만의 여가를 가지길 바라. 너는 아서왕처럼 바위 속 엑스칼리버를 단숨에 빼내는 능력을 소유한 사람이지만, 능력과 성취는 네 자신이 아니잖아. 사회적인 능력 발휘도 좋지만, 네 안에 숨어 있는 욕구도 꼭 보살펴 주기를 바란다.

한 가지 더, 생각의 전환을 가져올 수 있는 질문을 던져 볼게. 네가 죽을 때가 되어 관에 누워 있다는 상상을 한번 해보는 거야. 관에 누워서, 네가 죽기 직전에, 네 인생을 돌아보면서 "그때 그걸 했더라면 좋았을 텐데."라고 생각하는 게 혹시 있을까? 살면서 선택의 갈림길에 섰을 때 그런 식으로 미래의 너에게 물어보면 현명한 답을 찾을 수 있을 거야.

네가 매력적이라는 거 잘 알지? 너는 쿨하고, 솔직하고, 뭐든 열심히 하고, 좋은 성과를 위해 노력하는 사람이야. 네 매력을 잃지 않고, 하고 싶은 일을 하면서, 평생 만족스럽게 살기를 바랄게. 네 성실한 태도와 자신감을 배우고 싶어. 넌 정말 주도적으로 너의 인생을 설계할 사람이야.

사랑스러운 백설 공주
ESFJ_엣프제 **아이**

왜 사람들은 백설 공주가 세상에서 가장 아름답다고 믿었던 걸까? 그 이유는 생각보다 단순하다. 검고 윤기 나는 머리카락과 눈처럼 하얀 피부, 꽃처럼 붉은 입술 때문일 수도 있지만, 그녀가 예쁜 모습을 보여주었기 때문이다. 주변 어른들이 보기에 백설 공주는 상냥하고, 밝고, 사랑스러웠을 것이다. 오만하거나 새침한 공주가 아니라 누구에게나 밝게 웃고 자기 할 일을 스스로 알아서 하는 공주. 그래서 백설 공주는 자신의 행동으로 사랑을 받은 것이다.

화려한 궁에서 쫓겨나 깊은 숲 오두막집에 살 때도 백설 공주는 자신이 공주라는 특혜를 내세우려 하지 않고 집안일을 도 맡았다. 일곱 명의 난쟁이들은 백설 공주가 집에 온 이후로 집에 들어가는 게 즐거워졌다.

ESFJ 아이는 백설 공주와 닮았다. 백설 공주는 공주의 권위를 내세우지 않고, 대접받기를 바라지 않는다. 부지런하고 공정하고 싹싹하며 솔선수범한다. 누구에게나 다정하고 분위기를 화기애애하게 만드는 재주가 있다. ESFJ 아이도 그런 면이 있다.

ISFJ 아이도 ESFJ 아이만큼 가정적이고 헌신적으로 타인을 돌보는 편인데, ISFJ의 헌신은 소수의 친한 친구에게 한정이다.

ESFJ 아이의 사교성은 ISFJ 아이를 훨씬 넘어선다. 친구는 많을수록 좋고, 모임이나 학교 행사에서도 종횡무진 누비면서 부족하거나 필요한 건 없는지, 소외되는 사람은 없는지 살핀다. 또 오락 진행을 도맡아 하기도 한다. 성실해서 학급 반장이나 회장을 맡기도 하는데, ESTJ 아이들처럼 자기주장이 강하지 않다. 부드럽고 배려심이 많다. 심지어는 남을 챙기다가 자

배려심 많은
학급 반장 스타일

기 자신은 잘 돌보지 못할 정도다. 백설 공주도 마녀가 할머니로 변장해서 찾아왔을 때 독 사과를 한 입 베어 물지 않았던가?

ESFJ 아이는 어른들에게도 참 잘한다. 자기보다 약한 친구들도 세심하게 챙길 줄 안다. 부모 입장에서는 아이가 친구들만 챙기다가 자기 공부를 못하는 건 아닌지, 자기 몫은 제대로 챙기는지 걱정할 수 있다. 아이는 집안에서도 부모에게 집안일은 뭐 도와줄 게 없는지 살핀다. "엄마, 이건 내가 도와줄게"라며 나선다. 심지어는 부모에게 거꾸로 잔소리할 때도 있다.

집안일을 잘 돕지만
잔소리도 잘한다

다행스럽게도 ESFJ 아이는 매우 현실 감각이 좋다. 그래서 자기 할 일은 잘 알아서 마무리 짓는 기특한 면이 있다. 겉보기엔 친구들과 몰려다니고, 친구들 안에서 '인싸'로 활동하고, 때로는 친구들과 전화로 수다를 떨며 반나절을 보내는 것처럼 보이지만 말이다.

S라는 현실 성향과 J라는 마무리 성향으로 책임감 있게 자기 할 일을 해낸다.

놀고 있는 것 같아도
자기 할일은 제대로 마무리한다

ISTJ 아이가 지나치게 고지식한 면이 있고, 흑백을 가리려는 면이 강하다면, ESFJ 아이는 친구를 위해서라면 빈말도 할 수 있다. 상대방이 마음 상하는 것을 원하지 않기 때문이다. 그래서 어떨 때는 친구들이 하는 말에 동의하지 않을 때조차도 폭풍 리액션을 보내기도 한다. ESFJ 아이는 남들 말을 집중해서 열심히 듣고, 고민하는 친구에게는 해결책을 찾아주려고 노력하며, 친구가 하는 말이 엉뚱하다는 생각이 들어도 일단 손벽치며 고개를 끄덕여준다.

이해는 안 가지만
폭풍공감 중

사실 ESFJ 아이는 매우 현실적인 아이라서 상상력을 발휘하는 이야기라든가, 괴상한 아이디어라든가, 이념적인 이야기에는 큰 관심이 없다. 그래도 친구가 마음이 편하도록 잘 들어주는 시늉이라도 해준다. 부모에게도 마찬가지라서, 이 아이들은 부모님 말씀 잘 듣고 허튼짓을 잘 안 하는 착한 아이들이다. 그러다 보면 가끔 '착한 아이 콤플렉스'에 시달릴 때도 있다.

남들에게 좋은 모습만
보여주고 싶다

앞서 ESFJ 아이는 남들에게 예쁜 모습을 보여준다고 했는데, 좀 더 비판적인 시각에서 보자면, 이 아이들은 예쁜 모습만 보이고 싶어 하는 일면도 있다. 자신이 뭘 어떻게 느끼고 생각하는지보다는 남들이 자신을 어떻게 볼지를 더 신경 쓴다. 그래서 가끔은 자기가 뭘 원하는지를 까먹기도 한다. 본능적인 욕망을 좇지 않는다. 겉으로 보이는 '바람직한' 모습만 신경 쓰다가 자신이 진짜 원하는 일에는 집중하지 못하기도 한다. 나중에 나이가 들어서도 계속 그렇게 외면적인 모습에만 신경 쓰다 보면, 겉은 여전히 아름답고 완벽하지만, 내면적으로는 빈

곤해질 수 있다.

ESFJ 아이를 키우는 부모는 아이가 "예절 바르다, 가정 교육을 잘 받은 것 같다, 싹싹하다, 부지런하다."라는 주변의 칭찬에 현혹되기 전에 아이가 자기감정을 살피도록 격려하는 게 좋다.

물론 아이는 칭찬받으면 유달리 좋아하고 칭찬받는 만큼 또 열심히 한다. 그래도 부모나 아이 모두 칭찬 순환고리에 갇히지 않도록 한다. 이럴 경우 아이는 다람쥐처럼 쳇바퀴를 돌다가 지치고 만다. ESFJ 아이는 극단적인 스트레스 상태에 빠지거나 여유가 없어지면 주변 친구들을 독점하려고 하고, 뒤에서 친구 흉을 보거나 여론을 조작하는 일도 있다. 겉으로라도 좋은 모습을 보이기 위해 무리하는 것이다.

ESFP 아이나 ESTP 아이는 스트레스 상태가 되면 일탈하는 경우도 많은데, 원래부터 온순하고 단정한 ESFJ 아이는 대놓고 규칙을 어기는 경우는 거의 없다. 가족과 지역사회 안에서 행복하게, 좋아하는 사람들과 함께 살아가는 것이 이 아이들의 가장 큰 소망이기 때문이다. 이들은 사회적인 관계망 속에 있을 때 행복감을 느낀다. 혼자가 되는 것을 가장 두려워한다.

ESFJ 아이의 반대편에 거울형인 INTP 아이가 있다. INTP 아이는 사교성은 거의 없지만, 자신이 좋아하는 일에는 몰두하고 깊이 파고들어 가서 뭔가 원하는 결과물을 얻어낸다. 친구들이 알아주거나, 다른 사람의 칭찬을 받지 않더라도 상관하지 않는다. ESFJ 아이는 NT 기질의 개인주의적인 집중력과 독립심을 배우면 좋다. 다른 사람을 잘 챙겨주지 않아도, 칭찬받을 만한 행동을 하지 않아도, 충분히 만족하고 행복할 수 있다는 사실을 어린 시절부터 깨닫는다면, 좀 더 자신에게 솔직한 인생을 걸어갈 수 있다.

ESFJ 아이는 어른이 되면 서비스 관련 업종에서 누구보다 빛을 발하며 유능한 진행자가 되는 경우가 많다. 토크쇼 진행자로 유명한 래리 킹도 ESFJ 유형이라고 한다. 대기업 직원이나 공무원, 유치원 선생님, 교장, 파티 기획자, 항공기 승무원, 의사, 약사, 호텔 지배인도 잘 어울린다. 문화계나 연예계 쪽으로 진출해도, 활발하게 자신의 매력을 어필하면서도, 건실하고 모범적인 모습을 유지하는 경우가 많다.

부모와의 관계를 알아보면 ESFJ 아이의 특성을 보다 자세히 알 수 있다.

NT 기질 부모와 ESFJ 아이

ESFJ 유형에게 가장 중요한 일은 삶에 도움이 되는 지식과 방법을 습득하는 일이다. 지금 공부하는 게 즐겁지 않더라도 안정적인 미래를 위해서 현재를 참고 견디는 힘이 있다.

반면에 NT 부모는 훨씬 지식 추구형이다. 현재나 미래를 위해서가 아니라 자신의 호기심을 위해서 공부 속으로 파고들어 간다. 그리고 NT 부모는 아이와 교감을 나누기보다 실력의 우수성을 더 중요하게 여기는 면이 있다. 감정이 발달한 ESFJ 아이는 부모가 정이 없고 애정 표현이 박하다고 느낄 수 있다. 이 아이들에게 가장 필요한 건 지식이나 재능에 대한 토론이 아니라, 서로 친밀하게 나누는 애정이다. 친구와 함께 시간을 보내면서 동질감을 느끼고 기쁨을 느끼듯이, 부모와도 가까운 사이가 되고 싶어 한다.

격려성 칭찬을 많이 해준다
칭찬=사랑!

그러나 NT 기질은 격려성 칭찬에 능숙하지 못하다. 본인 자신이 타인의 인정을 그렇게 중요하게 생각하지 않기 때문이다. 아이는 자신과 전혀 달라서, 칭찬을 해주면 더 사랑받는다고 느낀다는 점을 기억하도록 한다.

무엇보다 아이에게 논리적으로 반박하고 면박을 주는 일만은 피하는 게 좋다. 아이가 고민을 얘기한다면 해답을 찾아주려고 하기보다,

그냥 고개를 끄덕이면서 듣고, "잘될 거야."라고 말을 건네주면 된다. 아이는 위로받으면 스스로 해답을 찾아 나선다.

NF 기질 부모와 ESFJ 아이

ESFJ 아이는 모든 유형 중에서 가장 사회적이고 사교적인 아이다. 사회적인 처신도 잘하고 눈치도 빠르고 자기 입장에서 가장 잘 할 수 있는 일을 해나간다. 공동체에 도움이 되고 싶어 한다. 그런데 NF 기질은 사회적인 능력이나 사교성이 그다지 좋은 편은 아니다. 공동체의 일원으로서 살기보다는 자아실현에 더 관심이 많다. 부모로서 NF 기질은 설거지할 시간에 책을 들여다보고, 몽상에 빠지는 일이 많다. 엄마들과의 사교 모임에도 적극적이지 않다. 가정관리자로서 유능하지 못한 면이 부모로서는 안타깝고 아이에게 미안할 수 있다.

한편 아이는 부모와 놀이를 즐기는 방식이 자신과 잘 안 맞는다고 느낄 수 있다. 부모는 아이에게 이야기를 만들어서 들려주

아이가 좋아하는 현실적인
놀이방식을 찾아본다

고 싶어 하는데, 아이는 뭔가를 만들거나 요리를 하는 편을 더 좋아할 수도 있다. NF 기질 부모는 일상적인 수다에서는 큰 기쁨을 느끼지 못하는데, ESFJ 아이는 일상적인 수다를 하면서 스트레스를 푼다. 현실적인 면(S)와 직관적인 면이(N) 차이가 크면 클수록, 서로 대화가 안 통한다고 느낄 위험이 커진다.

SP 기질 부모와 ESFJ 아이

SP 기질 부모도 ESFJ 아이도 공통적인 친구들끼리 나누는 최신 유행이나 농담을 잘 이해하고 활용하며, 일상 토크를 즐긴다. 체험을 좋아해서 같이 인형 옷을 만들어본다거나, 친구 생일 선물 포장을 하면서 즐거움을 느낄 수 있다. 단순하고 실용적인 일들이 이들에게 행복감을 안겨준다.

SP 기질 부모는 자식에게 뭔가를 강요하거나 기준을 정해주는 편이 아니다. 반면 ESFJ 아이가 가장 잘하는 일 중의 하나가 계획을 이중 삼중으로 세우고, 계획대로 하나씩 실천해 나가는 일이다. 일을 마치거나 수행하는 방식이 서로 달라서 충돌이 벌어질 수 있다.

아이와 한 약속은 잊지 말고
지키도록 노력한다

가장 주의해야 할 점은 약속을 대하는 태도다. SP 부모의 경우 즉흥적으로 뭔가를 해주겠다고 기분에 따라 약속했다가 잊어버리는 일이 생길 수 있다. ESFJ 아이와 약속했을 때는 가능하면 메모를 해두고 약속을 지키기 위해 노력한다.

SJ 기질 부모와 ESFJ 아이

부모와 아이 모두 건전하고 건설적이며 꼼꼼하고 섬세하다.

가정적이고 부지런한 점도 비슷하다. 그런데 둘 다 비슷한 면이 많다 보니, 도리어 약점이 되기도 한다.

부모와 자녀 모두 SJ 기질인 경우, 도리어 다른 기질의 장점을 배워가는 편이 좋다. 여행을 떠나거나 다양한 문화적 체험을 하면서 시야를 넓히도록 하고, 즉흥적인 상황을 접하면서 순발력을 키우는 것도 좋다.

다른 기질의 장점을 배우며
순간을 즐길 수 있는 일을 찾아본다

ESFJ_아이_핵심 정리

1. 다정한 모범생 스타일.
2. 누구에게나 친절하고 배려심 넘친다.
3. 자기 할 일은 똑 부러지게 챙기는 믿음직하고 성실한 아이.
4. 자기식대로 도움을 베푸는 면이 있음. 원하지 않는데 상대방에게 도움을 줄 수 있음.

ESFJ에게 주는 따뜻한 한마디

〈아낌없이 주는 나무〉라는 책을 읽어 본 적이 있니?

자신이 가진 모든 것을 친구에게 내주고도 행복해하는 나무 이야기야.

가끔 그 책을 보다가 네가 생각날 때가 있어. 너는 도움이 필요한 친구에게 빛의 속도로 현실적인 도움을 주는 아이니까. 마치 나무가 자기 가지와 잎새와 몸통까지 아낌없이 친구에게 줬듯이 말이지. 네게 친구란 참 소중한 존재인 것 같다.

그런데 곰곰이 생각해보면, 너의 그런 아름다운 점이 네 약점이 되기도 하는 것 같아. 어느 순간부터 너와 친구가 구별되지 않고, 친구가 없을 때의 네 모습이 떠오르지 않는 경우도 있으니까.

다음 질문을 스스로 던져봤으면 좋겠어.

"나는 친구가 없을 때도 즐겁고 행복한가?"라는 질문.

너는 칭찬을 받으면서 더 의욕이 생기잖아? 그것도 뒤집어서 생각해보면 어떨까?

'나는 칭찬을 받지 않아도 괜찮은가?'라고.

혹시 '착한 아이 콤플렉스'라고 들어봤니? 네겐 좋은 점이 많지만, 타인을 보살피는 것만큼 너 스스로에게도 관심을 가지고 지켜보면 좋겠다.

남의 코드에 맞추려다가 함정에 빠질 수 있거든. 그나마 다행인 건 네가 현실적이라서 말도 안 된 상황은 만들 일이 별로 없다는 거야. 그래도 앞으로도 네 자신을 더 챙기고, 남의 시선을 두려워하지 않고 살았으면 좋겠다. '내가 진짜로 원하는 게 뭘까?'라고 잠시 발을 멈추고 냉정하게 고민해보는 시간을 가져봤으면 좋겠어.

아, 그리고 다른 사람들에게 도움을 줄 때는 되돌려 받을 생각을 하지 말고 내키는 대로 도움을 주는 것도 좋을 것 같다. 넌 가끔 원칙대로, 정해진 대로, 타인을 돌보려는 경향도 있거든. 뭘 하든 남의 시선이나 사회적 잣대보다 너 자신의 기준을 우선시하도록 노력해 봐. 넌 덜 외로워질 거야.

좀 더 네 뜻대로 살아도 괜찮을 것 같아. 넌 믿을 만하고 책임감 있는 사람이니까. 조금만 자기 감정에 솔직하게 살아간다면 네 주변에는 오히려 더 좋은 친구들이 다가올 거야.

야생의 멋진 늑대왕 로보
ISTP _잇팁 **아이**

시턴이 쓴 〈내가 아는 야생동물〉(1898)에서 가장 유명한 주인공은 바로 '늑대왕 로보(Lobo)'다. 뉴멕시코주 커럼포의 험준한 골짜기에서 로보는 자연의 주인공으로 살았다. 인간 세상에서 멀리 떨어져서 지냈다. 결코 인간에게 휘둘리지 않고, 무리 속 다른 늑대에게 의지하지 않았다. 광활한 들판을 자기 영토인 것처럼 자유롭게 활보했다. 반려자 '블랑카'와 함께 평생 짝을 이루며 지냈다.

시턴은 로보의 용맹함을 칭송하면서 이렇게 말했다.

"인간은 그의 털끝 하나 건드릴 수 없었다."

늘대는 날렵하고 지혜로운 최상위 포식자다. ISTP 유형은 늘대처럼 인간 무리와 떨어져서 자신만의 자유를 만끽하고 모험을 즐긴다. 고독하지만 외롭지 않다. ISTP 아이도 어린 시절부터 다른 사람들에게 무심하며 혼자서도 잘 논다. 부모에게 어리광을 피우지 않고, 블록을 갖고 놀거나 게임에 몰두한다. 아이에게 뭔가를 만들 수 있는 재료와 도구를 주면 뚝딱뚝딱 잘 만들어낸다. 아이는 사람들과 어울리기보다는 혼자서 뭔가를 만지작거리면서 행복해한다.

무언가 만들며
혼자서도 잘 논다

부모는 아이가 다른 아이들처럼 부모에게 모든 얘기를 하지 않고, 잘 소통하지 않는 것 같아서 섭섭할 수 있다. 다른 사람과의 관계를 걱정할 수도 있다. 마치 어린 야생 늘대처럼, 인간이 쉽게 손을 뻗을 수 없는 아우라를 풍긴다. 아이는 말이 별로 없고, 표정도 큰 변화가 없는 편이며, 때로는 예민하고 까칠하다. 날카로운 이빨을 드러내는 어린 늘대처럼, 누군가 자신의 주변에서 털을 만지려고 하면 저 멀리 달아나 버린다.

실제로 ISTP 유형은 모든 유형 중에서 가장 무뚝뚝하고, SP

기질 중에서도 가장 내향적이라고 한다. 이들의 주기능은 사고 기능이고, 가장 마지막에 사용하는 기능이 감정 기능이다. 여기에서 '감정'은 뭔가를 느끼고 감상하는 기능으로서의 '감정'이 아니라, 타인과 소통하는 '감정'이다. 아이는 자기감정 표현을 좀 어려워하는 편이다. 부모에게 고맙다, 사랑한다고 말하면서 부모에게 안겨있기보다는, 차라리 블록으로 뭔가 만들어서 부모에게 선물하는 편이 더 쉽다고 느끼는 것 같다.

말로 하는 애정표현보다
뭔가 만들어서 선물하는
편이 더 쉽다

외향적이고, 사교적이며, 애교가 많은 다른 집 아이들을 보면서 부모는 '우리 아이는 왜 부모에게 사랑스러운 애교를 보여주지 않을까?'하고 아쉬워할 수도 있다. 때로는 아이에게 이런저런 애교 동작을 가르쳐보려고 할 수도 있다. 하지만 아이는 쑥스러움을 넘어서 수치감까지 느낄 수 있다. ISTP 아이는 어릴수록 직접적인 애정 표현을 어렵게 느낀다.

이런 내향적이고 개인적인 면을 인정하고 배려해주면, 아이는 자신을 긍정적으로 생각하고, 점차 자라면서 자신 안에 숨어있던 감정 표현 능력을 잘 보듬고 밖으로 꺼낼 수 있게 된다.

성인이 된 아이는, 자신의 무심하고 이성적인 면을 긍정적으로 활용할 수 있게 된다. 동시에 사회적인, '친절한 자아'도 가꿔간다. 필요하다면 남들 앞에서 자연스럽게 '사교적인 자아'를 꺼낼 수도 있게 된다. 그래도 아이가 제일 좋아하는 시간은 혼자서 보내는 시간이다.

아이는 구름이 흘러가는 대로, 발길이 닿는 대로 자연스럽게 인생을 살아가려고 한다. 계획은 느슨하게 짜고, 대부분의 남는 시간에는 잠을 잔다. 이 아이가 이런 느긋한 모습을 보일 때는 코알라나 나무늘보와 비슷하다. 아이는 평소에는 어떤 일도 신경 쓰지 않고 쉰다. 그러나 활동할 시간이 되면 누구보다 민첩하게 움직인다.

계획은 느슨하고
여유로울 때는 많이 잔다

아이는 해야 할 일이 있을 때는 망설이지 않는다. 놀라운 사고력과 판단력으로 목표까지 가는 지름길을 순식간에 파악하고, 예리한 감각과 발 빠른 행동력으로 최대의 결과를 만들어낸다.

하고 싶은 일에는 이렇게 뛰어난 행동력과 실행력을 보여주지만, 내키지 않는 일은 시작하기조차도 힘들어한다. 그래서 아이는 〈이솝 우화〉 속 경주하는 토끼와도 닮았다. 누구보다 속도에서는 자신감이 넘치는 토끼지만, 자기 능력을 잘 알기에 중간에 낮잠에 빠지는 토끼와 같다. 게으름과 느긋함 사이, 여유와 신속함 사이에 있다. 몸속에는 잠자는 토끼와 뛰는 토끼가 함께 살고 있다.

ISTP와 반대편에는 모든 글자가 반대인 ENFJ 아이가 있다. ENFJ 아이는 감정이 풍부하고, 누구에게나 친근하고 다정하게 대하며, 눈물도 많다. ISTP 아이는 효율성의 극대화를 추구하지만, ENFJ 아이는 주변 사람들의 마음에 관심이 많다. 반면에 ISTP 아이는 감정적으로 대범한 면이 있어서 다른 사람의 말이나 행동에 크게 영향을 받지 않는다.

ISTP 아이는 관찰자적인 아이고, 비밀스러운 아이기도 하다. 앞장서지 않고, 항상 교실 뒤에서 모든 일이 진행되는 모습을 지켜본다. 주변에서 무슨 일이 일어나는지 잘 알지만, 직접적으로 친구들에게 조언하거나 상황에 끼어들지 않는다.

ESFJ 아이와 ISTP 아이를 비교해보면, ESFJ 아이는 친구들 모임을 잘 만들고, 무리에 속하며 편안함을 느낀다. 반면 ISTP 아이는 다른 사람의 평가에 관심이 없다. ESFJ 아이가 '인맥'을 중요하게 생각한다면, ISTP 아이는 '익명성'을 중요하게 생각한다. 때로는 비밀 요원처럼, 비밀 무사처럼, 소리 없이 움직인다.

비밀 요원 같기도
비밀 무사 같기도 한
비밀스러운 아이

부모가 주의할 점은 아이의 충동성이다. 다른 기질보다 모험을 좋아하는 SP 기질 특성상 ISTP 아이도 위험한 순간을 극복하면서 그 순간에 에너지의 정점을 경험하곤 한다. 그래서 때로는 숙제나 시험공부도 미뤄뒀다가 한꺼번에 처리하면서 그 순간의 위기를 극복할 때 폭발하는 즐거움을 누린다. 원하는 물건을 보면 참지 못하고 구매하기도 한다.

다행인 점은 아이가 시험공부를 몰아서 해도 과정에 비해 결과가 좋다는 점과, 어린 시절에는 아이가 체험할 수 있는 모험이 그렇게 많지 않다는 점이다. 성인이 되어 카레이싱이나 익스트림 스포츠에 열중한다고 해도, 그때쯤이면 자신의 위험을 잘 관리하는 어른이 되어 있을 것이다. 아이가 스릴을 즐기려는 마음과 모험을 해보려는 마음이 모두 있다는 사실을 이해하고 있으면, 부모가 아이의 행동에 놀라는 일이 줄어들 것이다.

아이가 감정에 휘둘리지 않기 때문에 쌀쌀맞고 매정하게 느껴질 수도 있지만, 아이 인생에서는 장점이 되기도 한다. 자라서 어떤 직업을 갖게 되었을 때쯤 아이는 가장 공정하고 공평하게 일 처리를 해나간다. 무리해서 감정적으로 자신을 희생해가면서까지 일하지는 않는다. 가장 효율적인 방식으로, 최단 과정으로, 필요한 만큼 실적을 보여준다. 무리하지 않고 결과물을 보여준다.

할 땐 확실하게 해서 벼락치기를 해도 성적이 좋다

아이의 장점은 논리적이고 합리적이라는 점, 긍정적이고 잘 노는 아이라는 점, 요령이 좋고 효율적으로 자기 일을 해결한다는 점이다. 가장 매력적인 점은 어느 집단에도 속하지 않고, 자기 의지대로 움직인다는 점이다. 아이는 마음만 먹으면 뭐든 잘 해낸다. 평소에는 무사태평하지만, 하고 싶은 일을 할 때는 기민해지고 집중력이 높아진다. 완벽주의적인 면도 있어서 누구보다 확실하게 자기 할 일을 완수한다.

뚝심이 있고, 손재주가 좋고, 예술적 감각도 있어서, 좋아하는 일을 반복적으로 연습하다가 장인의 자리에 등극할 수도 있다. 아이는 좋아하는 일이라면 몇 번을 반복해도 질려하지 않는다.

비밀스럽지만 내면은 열정적이며, 타인에게 간섭하지 않고, 자기 할 일을 잘하는 모습이 ISTP 유형의 모습이다. 그래서인지 ISTP 유형을 말없이 따르고 좋아하는 사람들이 많다.

ISTP 유형의 유명한 인물은 영화배우 톰 크루즈, 생존 전문가 베어 그릴스, 르네상스의 천재 화가 미켈란젤로가 있다. 가상 인물로는 '맥가이버', '인디애나 존스', '가제트' 등이 있다.

ISTP 아이가 가장 잘하는 부분은 정신적이거나 공감적인 분야가 아니라, 현실적이고 재미있으며 조작이 필요한 분야다. 자신만의 물리적 재주를 잘 발휘할 수 있는 분야에서 최고의 자리에 오르는 경우가 많다. 그래서 트레이너나 응급구조원처럼 행동력이 필요한 직업도 잘 수행하는 편이고, 공학자로서 소프트웨어를 개발하거나, 네트워크를 관리하는 일도 잘 수행한다.

부모와의 관계를 알아보면 ISTP 아이를 좀 더 잘 이해할 수 있다.

NT 기질 부모와 ISTP 아이

　NT 부모나 ISTP 아이는 공통적으로 감정에 호소하지 않는 면이 있다. 감정 표현이 담백하고 정에 이끌리기보다는 합리성을 선택한다. 논리적이고 추론을 좋아하면서, 작동 원리를 알고 싶어 한다. 부모는 정신적인 이론 세계의 작동 원리를 탐구하고, 아이는 실제적인 기계의 작동 원리에 관심이 있다. 둘 다 논리적인 추적을 잘한다. 게다가 부모와 아이 모두 개인주의적인 면이 강하고 지적인 욕구가 높다.

　부모는 거시적 안목이 높고 장기적인 계획 수립에 능숙한 편이라서 아이에게 도움을 주면 좋다. 아이는 미래를 계획하기보다는 흘러가는 대로 느긋하게 사는 편이다.

육아에 지쳤을 때는 휴식시간도 중요하다

　또한 아이가 어릴 경우에 부모가 신체적으로 지치는 경우가 많은데, 가능하면 다른 일을 줄여 부모 자신을 위한 지적 휴식 시간을 가지도록 한다. 부모의 정신적인 욕구가 충분히 채워지지 않는다면 육아에 몰두하기 어려워진다.

NF 기질 부모와 ISTP 아이

감정형의 부모는 ISTP 아이를 조금 어렵다고 생각할 때가 많다. 자기 의견 표현이 확실하고, 때로는 어릴수록 더 신랄하게 말하는 경우도 꽤 있다. 거꾸로 얘기하면 아이는 부모처럼 공감을 표현하지 못하는 편이고, 감정 이해, 정서 표현을 어려워한다. 부모는 아이의 머리를 쓰다듬어 주는 등 격려 차원의 스킨십을 자연스럽게 하는 편이다. 하지만 아이는 스킨십을 싫어할 수도 있다. 혹시 그렇다고 하더라도, 성향의 문제니 섭섭해하지 않도록 한다.

아이에게 뜬금없이 상상 질문을 던진다든지, 아이를 무릎에

아이가 스킨십을
싫어할 수도 있다

앉히고 상상의 세계를 그린 동화를 읽어준다면 아이는 흥미를 못 느낄 수도 있다. 아이에게 상상 얘기를 들려줬는데, "그게 진짜예요?"라고 정말 현실적인 궁금증을 표현할 수도 있다. 아이와 친밀함을 지나치게 추구하거나, 감정적 공감을 바라지 않도록 한다. 아이가 잘하는 분야는 따로 있다. 아이는 현실적인 부분에서 명석함과 판단력을 지녔다.

아이의 장점을 인정하고 칭찬해주고, 관념이나 철학의 세계에서 심오한 질문을 던지는 시간을 따로 만들어 본다. 도서관에서 책에 파묻혀 지낼 시간을 만들거나, 마음에 맞는 친구와 정신적인 부분에 대한 이야기를 나누는 것도 좋다. ISTP 아이라도 S 성향이 극단적이지 않다면, 호기심이 많아서 부모가 좋아하는 관념적인 부분에 대한 이야기를 듣고 싶어 할 것이다. 그 경우라면 아이와 흥미로운 대화의 시간을 가질 수도 있다.

SP 기질 부모와 ISTP 아이

아이는 하고 싶은 일을 혼자서 하면서 스트레스를 해소한다. 주로 뭔가를 만들거나, 몸을 움직이거나, 스릴을 경험할 때 아이는 스트레스를 해소할 수 있다. 부모도 SP 기질이라면 당연히 아이의 이런 면을 본질적으로 이해할 것이다.

아이가 자신만의 놀이에 몰두할 때 방해하지 않도록 주의한다면 아이는 더 유쾌하고 안정적인 모습을 보여줄 것이다.

같은 취미활동을 통해
즐거운 시간을 보내자

특히 ESTP 부모와 ISTP 아이는 상황 판단이나 임기응변적인 면이 뛰어나고, 행동력이 있으며, 모험을 즐기는 편이라서, 같은 취미활동을 하면서 즐겁게 보낼 수 있을 것이다.

SJ 기질 부모와 ISTP 아이

아이는 길들여지지 않는 야생성을 가진 아이다. 부모는 아이를 느슨하게 통제하도록 한다. 같은 말을 반복하지 않도록 주의할 필요도 있다. 말을 빙빙 돌리거나, 서두를 장대하게 시작하면, 아이는 고개를 절레절레 흔든다.

아이는 솔직하고 직접적으로 말을 하는 편이다. 부모도 아이에게 뭔가 해줬으면 하는 사항이 있거나, 고쳐줬으면 하는 점이 있을 때는 솔직하고 구체적으로 말하고 요청하면 된다. 아이는 논리적으로 수긍할 수만 있다면 부모의 말을 잘 들어줄 것이다. 특히 감정형인 ESFJ나 ISFJ 부모는 더 직접적으로 요청해도 좋다.

아이는 주변 정리에 무심하고, 미리 알아서 집안일을 돕는 경우가 별로 없다. 부모를 생각하지 않기 때문이 아니라, 부모의 요청사항까지 미리 앞서서 신경 쓰는 편은 아니기 때문이다. 정리 정돈이 안 된 상황에서 스트레스를 크게 받지 않는 성향이기 때문이기도 하다. 부모는 아이가 집안일을 도와줬으면 할 때도 마음속으로만 갈등하지 말고 도와달라고 직접 말하는게 좋다. 아이는 요청받으면 흔쾌히 집안일을 돕는다.

주변 정리에는
무관심한 편

SJ 부모가 가장 주의할 점은 자기희생적인 태도를 갖지 않는 것이다. "내가 너를 위해서 이렇게나 노력하고 있다"라는 식으로 아이를 위해 많은 도움을 줘도, 아이는 도리어 번거롭게 생각할 수 있고 때로는 죄책감을 느끼고 움츠러들 수도 있다. 아이는 합리적이고 평등한 관계를 좋아한다. 부모가 자기 삶을 즐기는 모습을 보여줄 때 아이도 행복해진다.

부모가 모든 것을 챙겨주고 세심하게 보살펴주면 편안해하는 아이도 많지만, ISTP 아이는 뭐든 자기 힘으로 혼자서 해보고 싶어 하는 면이 강하다. 아이가 작은 일이라도 스스로 하고 성취하도록 최소한의 도움만 줘도 괜찮다. 아이는 압박감 없이 더 자유롭게 자랄 것이다.

ISTP_아이_핵심 정리 ─────────────────────────●

1. 뛰어난 손재주와 논리적인 사고 능력.
2. 침착하지만 즉흥적이다.
3. 자극적인 체험을 즐긴다.
4. 집단에서는 관찰자 시점.

ISTP에게 주는 따뜻한 한마디

네게는 좋은 점들이 많이 있어. 일단 남들보다 뛰어난 마법의 손재주를 가졌고, 그런 손을 자유자재로 컨트롤할 수 있는 논리적인 두뇌를 가졌으며, 다른 사람들에게 휘둘리지 않는 굳은 심지를 가졌잖아.

잘난 척하지 않는 면도 참 좋아. 어떤 사람들은 네가 너무 직설적으로 말한다고 섭섭하다고 하는 사람도 있을 거야. 하지만 너는 적어도 사람들에게 거짓을 말하거나, 네 이익을 위해 사람들을 현혹하지는 않아. 거짓말을 할 때마다 코가 길어지는 피노키오가 너라면, 너의 코는 아마 거의 변하지 않을 거야.

네 낙천적인 면도 좋아. 불평불만 없이 현재 상태를 받아들이고 행동으로 바로 해결하려는 네가 대단하다고 생각해. 넌 거대한 사업가가 되기보다는 주변 사람들에게 유쾌한 해결사가 될 거야. 시를 읽으면서 눈물을 흘리기보다는, 바람을 느끼고, 맨발이 땅에 닿는 느낌을 즐기면서 들판을 뛰고 있을 거야.

체험하고 경험하면서 세상과 친해지고, 자연스럽게 세상과 마주하는 법을 배우는 네가 멋지다고 생각해. 홀로 넓은 숲속을 걷는 맹수처럼, 네게는 너만의 독자적인 영역이 있어. 다른 사람들에게 자신의 영역을 허용하지 않는 비밀스러움과 거리감이 네 매력이기도 해.

앞으로도 네가 좋아하는 일이 생기면 언제든 몰두해서 너만의 멋진 세계를 만들기를 바라. 겉으로 보기엔 조용하지만 네 안에는 언제나 끓어 넘치는 화산이 있다는 사실을 잘 알아. 네 열정을 채우지 못한다면 너는 물을 먹지 못한 꽃처럼 시들시들해질 거야. 네 안의 열망을 언제나 잊지 않고 살았으면 좋겠다. 세상을 구한다든지, 거대한 업적을 세운다든지 하는 상투적인 목적이 아니더라도 좋아. 너 자신을 위해서, 스스로의 행복과 자기 발전을 위해서, 네 안에서 들리는 목소리와 불꽃을 잘 감지하길 바랄게.

네 몸속 불씨가 평생 죽지 않고, 너 역시 나이가 들더라도 매번 새로운 삶을 살듯이, 즐거운 체험을 하며 살 수 있다면 좋겠다.

아무것도 하지 않는 게 제일 행복해, 곰돌이 푸
ISFP _잇프피 아이

어떨 때는 '말랑카우' 같고, 어떨 때는 무색무취의 맑은 음료수 같은 아이, 이불로 몸을 감싼 채 뒹굴뒹굴하며 행복해하는 모습을 보면 '곰돌이 푸'가 떠오르는 아이, 이 아이는 ISFP 아이다.

이불을 둘둘 말고
뒹굴거리는 게 제일 행복해

꿀, 게으름, 낮잠……. 곰돌이 푸를 생각하면 떠오르는 단어다. 동화 〈곰돌이 푸〉에는 서로 다른 성격이지만 재미있게 잘 지내는 좋은 친구들이 있고, 맛있는 꿀과 케이크가 있고, 작은 위험 상황이나 사소한 사건들이 있다. 그러나 큰 갈등도 없고, 생사를 넘나드는 위협은 존재하지 않는다. ISFP 아이의 마음속에는 평화와 조화의 세상이 끝없이 펼쳐져 있다. 아이는 기쁨을 친구와 함께 나누고 싶어 한다. 곰돌이 푸도, 친구들도, ISFP 아이도, '무해한 존재'라고 부를 수 있을 것 같다.

ISFP 아이는 '싫다, 네가 잘못했다, 네가 틀리다'와 같은 말을 잘하지 않는다. 태도 역시 날카롭지 않다. 부모가 보기엔 참 순한 아이고, 친구가 보기엔 다른 사람을 편하게 해주는 배려심 많은 아이다. '귀차니즘'으로 무장한 이 아이는 친구에게 먼저 연락하는 일은 별로 없지만, 친구가 부르면 쉽게 따라나선다. 모든 일에 서두르는 법도 없고, 억지로 뭔가 하려는 법도 없다. 작은 동물이나 자신보다 나약한 친구들에게 친절하다. 자연 친화적이라서, 숲속에서 야생화의 향기를 맡으면서 행복해한다.

소소한 일에도
행복한 아이

부모 눈에 이 아이는 게으르고 지나치게 의욕이 없어 보일 수도 있다. 만일 온종일 침대에 누워 있어야만 하는 상황이라도, 이 아이는 침대에서 종일 즐겁게 보낸다. '소확행'을 가장 잘 누리는 유형이 있다면 그 유형은 바로 ISFP다. 곰돌이 푸는 크리스토퍼 로빈과 헤어질 때 이런 말을 한다. "내가 좋아하는 건 너를 찾아가 꿀을 먹자고 말하는 거야. 하지만 내가 제일 좋아하는 건 아무것도 하지 않는 거야."

부모 입장에서는 ISFP 아이가
게으르고 의욕없어 보일 수 있다

이 아이와 반대 유형인 ENTJ 아이의 특징을 생각해보면 ISFP 아이의 모습이 더 잘 보인다. ENTJ 아이는 먼 미래까지 생각하며 매일 계획을 꼼꼼하게 작성하고 실천한다. 경쟁심도 많고, 자기 관리 능력이 뛰어나서, 전 과목을 열심히 공부한다. 일상생활에서 취미 활동까지 전 방면에서 전방위 능력자라는 말을 듣는 경우가 많다. 이 아이가 뭔가를 할 때는 확실한 의도가 있다.

그런데 ISFP 아이는 뭐든 별로 애쓰는 법이 없다. 지금, 이 순간을 단순하고 기분 좋게 즐기고, 그런 상황에서 아무도 자신을 간섭하거나 강제하지 않았으면 좋겠다고 생각한다. 재미있는 일은 이런 ISFP 아이가 역설적으로 자신의 분야에서 전문가가 되거나 이름을 날리는 경우가 꽤 있다는 점이다. 왜냐하면 이 아이는 선택과 집중에 능해서, 자연스럽게 자신이 좋아하는 일을 하다가 그 분야에서 독보적인 위치에 오르는 일이 많기 때문이다. 상황에 대한 유연성과 변화 적응력이 아이의 장점으로 작용한다. 어딜 가나, 누구에게나, 녹아들듯이 스며드는 면도 바로 이 아이만의 매력이다. ISFP 유형의 대표 캐릭터인 '해리 포터'가 어떻게 평범한 소년에서 위대한 마법사가 되었는지를 떠올려 보면, 아이의 장점이 잘 보인다.

사실 ISFP 아이는 매우 자유분방한 아이라서, 자신이 원하는 삶을 자기식대로 즐기고 싶어 하는 마음이 강하다. 부모가 잔소리하면서 "넌 왜 그렇게 미리미리 계획을 세우지 않는 거니? 미래에 대한 꿈은 없는 거니?"라고 말하면 상처를 입는다. 아이는 지금으로서도 아주 만족스럽고, 뭔가를 이루고 싶다는 마음도 크지 않기 때문이다. 그러다가 자신이 원하는 가치와 삶의 방향을 '자각'하는 순간, 아이는 목표 지점을 향해 서서히 움직인다. 부모는 아이를 믿고 앞으로 아이가 가장 최고의 자신을 만들어갈 때까지 마음의 여유를 가지면 좋을 것이다.

아이가 뭐든 무사태평하고, 시간 계획이 느슨해 보이고, 마감을 잘하지 못하는 것처럼 보이는 건, 아이가 성실하지 못해서가 아니다. 아이가 자신이 하고 싶은 일에 몰두하다가 당장해야 할 일을 깜빡 까먹는 일이 많기 때문이다. ISFP 아이는 좋아하는 일에 탐닉적이다.

아이가 뭔가에 몰두하고 집중할 때, 딴짓한다고 아이를 나무라지 않는 게 좋다. 아이가 몰두하는 일들이 아이의 직업이 될 확률도 높다. 사실 이 아이는 나중에 직장에 들어가도 의외로 해야 할 일은 잘 마치고, 자기 업무는 확실하게 마감하는 편이다. 이 아이는 야망이 크진 않지만, 현실 세계 안에서 자기 자리를 잘 찾고 자기 할 일은 하는 아이기 때문이다. 아이는 모호한 극락을 찾는 아이가 아니라, 현실을 극락으로 만들어 가는 아이다.

ISFP 아이가 몰두하는 일은 아이의 직업이 될 수도 있다

ISFP 유형은 모든 유형 중에서 가장 지표 선호도가 중립적인 유형이다. 조용히 집에 있을 때는 어떤 행동도 안 할 것 같지만, 막상 밖으로 나가서 친구들과 놀 때는 외향형만큼 활발하다. 그래서 친한 친구들은 이 아이가 내향형이라는 사실을 의심하는 경우가 있을 정도다. 은근히 자기표현 욕구도 강하다. 평소에는 수줍고 낯을 가리는 것처럼 보이는데, 의외로 무대에설 기회가 생기면 여지없이 끼를 발휘하는 일도 있다.

친구랑 놀 때는
외향형만큼 활발한 아이

부모가 아이에게 조심해야 할 부분이 있다면 아이 앞에서 비인간적인 면을 보이거나, 다른 사람에게 무례한 태도를 보이는것이다. 아이는 신뢰가 안 가는 사람에게는 서서히 마음을 멀리한다. 아이에게는 절대 타협이 되지 않는 확고한 주관이 있으므로, 아이의 생각을 존중해 주려는 태도를 가지면 좋다. 아이를 무시하는 발언을 자꾸 하면 아이는 울타리를 빠져나가려고 할 수도 있다. ISFP 유형과 닮은 동물은 고양이고, 이 유형의 다른 별명은 '모험가'다.

ISFP 아이는 놀라운 오감 표현 능력과 지각 능력으로 남들보다 뛰어난 예술성과 손재주를 보여주곤 한다. ISFP 아이는 자라면서 감각 능력을 활용해서 공연하기도 하고, 소설을 쓰거나 요리하기도 한다. 능력을 잘 발휘할 수 있는 분야는 연예인, 음악가, 교사, 화가, 아나운서, 댄서, 운동선수 등 타고난 감각이 필요한 분야가 많다.

ISFP 유형 유명인은 화가 밥 아저씨, 가수 마이클 잭슨과 지미 핸드릭스, 음악가 베토벤, 화가 렘브란트, 작가 헤밍웨이 등이 있다. 가상 인물은 '곰돌이 푸', '해리포터', '레골라스(반지의 제왕)', '하울(하울의 움직이는 성);, '스노프(무민)'등이 있다.

부모와의 관계를 살펴보면 ISFP 아이를 더 잘 이해할 수 있다.

NT 기질 부모와 ISFP 아이

NT 기질 부모는 감정 표현보다 이성적 사고를 중요하게 생각한다. 하지만 ISFP 아이는 이성보다 감정적인 부분에 매료된다. 그래서 감정적인 배려 없이, 논리적으로 아이를 자극하는 일은 피하는 게 좋다. 아이는 부모의 표정이나 목소리 톤만으로도 부모의 기분을 알아챈다.

또한 ISFP 아이에게는 혼자만의 파라다이스를 즐기는 시간이 매우 소중하다. 심지어는 친구랑 만나기로 했다가 약속이 취소되면 기쁜 마음으로 침대 안으로 다시 파고 들어갈 정도다. 아이가 이해가 안 될 수도 있지만, 부모의 속도가 아니라 아이의 속도에 맞추도록 한다. 이 아이는 전쟁에 나서는 전사가 아니라 초원에서 풀을 뜯는 양과 같다. 아이의 느긋함을 여유로움으로 인정하고, 스스로 계획을 세울 수 있도록 부모는 넓은 시야로 들판의 넓이를 보여 주자. 무엇보다 아이가 뭔가에 몰두하면서 작은 행복감을 만끽하고 있을 때만은 방해하지 않도록 주의한다.

부모가 아이에게 가르쳐줄 수 있는 부분은 자신에 대한 자부심을 가지고 타인의 부적절한 요구를 현명하게 거절하는 법, 자신의 의견을 정확하게 표현하는 방법이다.

현명하게 거절하거나
의견을 정확하게 표현하는
방법을 알려주자

아이가 미션을 잘 완수하면 포인트를 부여하는 '포인트 제도'를 활용해보는 것도 좋다. 아이의 쇼핑 욕구를 조절하는 법을 가르쳐줄 수도 있고, 게임을 하듯이 자기 관리 능력을 습득할 수도 있어서 추천할 만한 방법이다. 약속을 이행한 아이는 포인트를 받고, 포인트를 모아서 원하는 물건을 살 수 있도록 보드게임 형식으로 진행해보는 것도 괜찮다.

NF 기질 부모와 ISFP 아이

4차원적인 특색을 지닌 NF 기질 부모와 ISFP 아이는 의외로 잘 맞는다. 현실적인 아이지만 다른 현실적인 유형보다 직관적인 면도 잘 발달해 있기 때문이다.

그래도 이 아이는 NF 기질처럼 생각을 파고 들어가거나 몽상 속에서 헤매는 일은 별로 없다. 부모의 상상이나 철학 이야기를 재미있다고 생각하면서 들을 수는 있지만, 그렇다고 가상 세계를 현실에서 누릴 수 있는 즐거움과 바꿀 수 있다고 생각하지는 않는다.

NF 부모가 '꿈꾸듯 현실을 사는 사람'이라고 한다면, ISFP 아이는 '꿈보다 좋은 현실을 사는 사람'이다. 부모와 아이가 발을 디디고 서 있는 근본 터전이 전혀 다르다.

그래서 NF 부모가 ISFP 아이의 생활을 보며 더 큰 꿈을 가지라거나, 미래를 생각하라거나 등의 조언을 해도, 아이는 상상하기 어렵다. 부모가 보기에 아이는 현실에 안주하는 사람이지만, 아이는 사실 현실을 잘 살아나가는 아이다. 대신 NF 기질의 칭찬과 포옹 같은 자연스러운 격려는 ISFP 아이에게 큰 도움이 된다.

**더 큰 꿈을 가지라는 조언은
아이가 상상하기 어렵다**

단지 ENFP 부모는 ISFP 아이에게 지나치게 뭔가를 권유하거나 제안하지 않도록 주의한다. 수많은 아이디어와 미래에 대한 반짝거리는 상상력을 가진 ENFP 유형은 자신이 좋다고 느낀 것을 좋아하는 사람들과 함께 나누고 싶어 한다. 하지만 혼자 보내는 시간이 가장 좋은 ISFP로서는 ENFP 부모의 관심이 불편하고 피곤할 수도 있다. 아이의 조용하고 한가로운 시간을 지켜주도록 한다.

아이와 부모의 예술적인 일면이 서로 통할 때는 거실에 작은 공간을 만들고, 서로의 작품 전시장을 만들어보는 것도 재미있는 체험이 될 수 있다.

SP 기질 부모와 ISFP 아이

SP 기질 부모는 ISFP 유형의 자유에 대한 갈망을 본질적으로 이해하고 있다. 자신도 어딘가에 얽매이는 것을 가장 싫어하며, 지루한 상황을 못 견디기 때문이다. 아이가 서서히 자신이 좋아하는 일을 찾도록 옆에서 지지를 보내면 상호 간에 큰 갈등은 없을 것이다.

아이는 자연을 좋아하고 목가적인 분위기에서 편안함을 느낀다. 아이와 야외로 피크닉을 함께 나가거나, 미니 동물원으로 함께 나들이를 가면 좋다. 수작업을 좋아하는 편이라서, 손재주가 좋다면 체험 공방 등으로 떠나보는 것도 아이에게 도

**아이와 함께
피크닉을 가자**

움이 된다. 공연을 같이 관람하거나, 직업체험관을 방문해봐도 좋다. 캠핑하면서 추억을 쌓는 것도 추천할 수 있다. 신나고 즐거운 체험, 책보다 경험으로 배우는 일이 ISFP 아이에게는 가장 흥미로운 시간이다.

ISTP 부모의 경우, 직설적으로 자기 생각을 표현하는 편인데, ISFP 아이는 다른 사람의 기분을 신경 쓰다가 자기가 할 말을 못 하는 경우가 많다. 각자의 성향을 이해하지 못하면, ISTP 부모는 ISFP 아이가 갑갑하다고 여기고, 아이는 아이대로 말을 안 하고, 기분을 쉽게 풀지 못할 수도 있다. 각자의 성향에 대해 이해한다면 자신만의 잣대가 옳다고 생각하지 않고, 상대방을 이해할 수 있다.

SJ 기질 부모와 ISFP 아이

부모가 보기에 아이는 최선을 다하지 않는 것처럼 보일 수 있다. 부모는 아이가 미리 대비하고 연습하는 자세가 없다고 생각하기도 한다. 그런데 그런 점을 지적하고 고치려고 하면 아이는 부모와 마주치려 하지 않고 숨어버린다.

이런 사례는 사실 부모가 자신과 아이의 성향 차이를 잘 모르기 때문에 발생하는 일이다. SJ 기질은 알아서 할 일을 하는 스타일이고, 하기 싫은 일도 해야 한다면 꾹 참고 한다. SP 기질인 ISFP 아이는 사회적 조화보다 개인적 가치를 더 중요하게 생각한다.

무엇보다 ISFP 아이는 간섭이나 권위적 태도를 싫어한다. 그런데 부모에게 반발하는 건 더 큰 갈등이 일어날까 봐 두렵기도 하고, 부모가 혹시라도 가슴 아파할까 봐 죄책감도 느껴져서 그 순간만 피해 다닐 확률이 높다.

특히 ESTJ 부모는 예의범절이나 규칙, 규율, 사회적인 처신을 중요하게 생각하기 때문에, 아이가 자기감정에 따라서 의사결정을 하면 쓴소리 할 확률이 높다. 도리어 칭찬이나 격려를 활용한다면, 부모의 좋은 의도가 아이에게 잘 스며들 수 있을 것이다.

**느슨한 계획표에
아이가 좋아하는 일을
함께 넣어주면 더 좋다**

아이의 계획표는 부모 기질대로 빈틈없이 짜기보다는 느슨하게 짜는 법을 추천한다. 그날 해야 할 공부 분량이나 챙겨야 할 일 정도만 적어야 아이가 더 실행하기 쉽다. 또한 계획표에는 '할 일'만 적지 않고 아이가 좋아하는 일들도 넣도록 한다. 아이는 계획표를 지키기 위해 더 즐겁게 노력할 것이다.

ISFP_아이_핵심 정리

1. 미래를 위해 현재를 희생하지 않는 아이.
2. 가식이나 허세가 없다.
3. 순둥이 이미지지만 의외로 고집이 세다.
4. 배려형 개인주의자.

ISFP에게 주는 따뜻한 한마디

〈곰돌이 푸 다시 만나 행복해〉에서 어린 크리스토퍼 로빈이 했던 말 생각나니? 푸가 세상에서 제일 좋아하는 일이 뭐냐고 묻자 로빈이 이렇게 대답했잖아.

"아무것도 하지 않을 때가 가장 행복해."

나중에 어른이 된 로빈을 다시 만난 푸는 로빈이 잊고 있던 그 말을 들려주지. 아무것도 하지 않을 때가 제일 행복하다고 말이야. 또 이런 말도 해.

"아무것도 안 하다 보면 큰일을 하게 돼."

네 강점은 바로 네가 사소한 일에서 행복을 찾아갈 줄 안다는 점이야. 많은 욕심을 부리지 않고, 주변에서 남들이 보지 못하는 보물을 찾아내는 능력이 있지. 또 넌 보기보다 매우 개인주의적인 아이야. 혼자서 보내는 자유로운 시간과 낯선 체험을 좋아하지.

네가 만들어가는 세상은 아무도 서로 강요하거나 욕심을 부리지 않고, 서로를 배려하고 이해하는 세상일 거로 생각해. 목적의식 없이도 살 수 있는 세상이라면 참 멋질 거야. 직선 코스로 앞만 보고 달려가는 인생은 얼마나 지루하고 어두침침하니? 우리는 자연에서 햇볕을 받으며 뛰어노는 야생 동물이지 우리 안에서 힘없이 누워 있는 사자는 아니잖아?

집단에서 벗어나 혼자만의 룰을 지키는 네가 멋져 보여. 가장 단순하고 행복하게 개인주의적인 삶을 즐기는 네 모습이 자유로워 보여. 넌 집 안에서 잠이 든 작은 고양이 같기도 하고, 호숫가를 뛰어다니는 새끼 순록 같기도 해. 인간과 사랑에 빠지고, 다른 동물 친구들에게 정을 주지. 네가 자연 속에서 마음껏 뛰어다닐 때 가장 빛나는 존재라는 사실을 잊지 않았으면 좋겠어. 다른 존재들을 배려하는 모습도 아름답지만, 네가 네 털을 고르고 뿔을 윤기 있게 닦는다면 훨씬 더 멋질 거야. 남에게 자랑하기 위해서가 아니라, 네 진짜 모습을 가장 잘 보여주기 위해서 말이지.

그러니까 가끔 주변에서 간섭하거나, 자기 방식대로 하라고 강요한다면 과감히 어깨를 쭉 펴고 네 목소리로 말했으면 좋겠어. 네가 원하는 대로, 아무것도 안 할 자유를 누리면서 살았으면 해. 부모님을 기쁘게 하려고, 친구들을 배려하려고 네 몸을 움츠린다면 얼마나 안타까운 일이니? 네 털이 먼지 투성이가 되고, 어느새 '내가 무슨 동물이었더라.'라고 고개를 갸웃하는 일은 벌어지지 않았으면 좋겠어. '나를 위한 삶'이라는 말은 이제는 진부한 표현이 되었지만, 그런데도 네가 최소한 너를 지킬 만큼만이라도 자신을 표현하고 살았으면 좋겠어.

네가 가장 즐거운 삶은 목적 없이 새로운 체험을 하는 세상이고, 주변 사람들과 다정한 말을 주고받는 세상이고, 아무것도 안 해도 되는 느긋한 세상이야. 그러니까 그런 삶을 지키기 위해서라도 주변 사람들에게 거절할 수 있고, 주변의 욕구보다 네 욕구를 먼저 챙길 수도 있어. 네가 진짜로 좋아하는 일을 찾아가면 좋겠어. 넌 누구보다 감각을 타고났고, 장인이 될 자질이 있고, 다른 사람들을 배려하는 편안함까지 매력으로 장착했으니까.

뭔가를 하기보다는, 안 해서 더 행복한 사람이 되었으면 해. 그러다 보면 진짜로 네가 원하는 일만 남길 수 있을 거야.

이런 건 어떨까? 바쁘고 스트레스를 받는 상황이라도 네가 좋아하는 일들 목록을 가끔 열 가지만 써보는 거야. 적다 보면 그 일을 하지 않아도 마치 하는 것처럼 마음이 편안해지거든. 네가 원하는 것들에 좀 더 집중할 수 있게 될 거야.

그리고 나중에 직장에 들어가거나 전문적인 일을 하더라도, 매일 하루에 최소 30분 정도는 혼자만의 힐링 타임을 꼭 가질 수 있길 바랄게. 그런 조용한 시간이 네겐 에너지가 되니까 말이야.

넌 자유로운 생각과 따스함으로 편견을 넘는 사람이야. 네 따뜻함이 결국 더 많은 사람에게 행복감을 줄 거야.

곰돌이 푸의 말처럼, '오늘'은 가장 좋은 날이야. 내일이라는 '오늘'도 가장 행복한 날이면 좋겠다.

신나는 삐삐 롱 스타킹
ESTP_엣팁 아이

〈삐삐 롱 스타킹〉 속 삐삐의 모습은 단순히 귀엽고 사랑스러운 아이와는 아주 다르다. 부모 없이 자신을 보살피고, 어른들을 골탕 먹이고, 용감하며 당차다. 다른 친구들이 학교에 가고, 예의범절을 배우며 매일 똑같은 일상을 무미건조하게 보내는 동안 삐삐의 일상은 모험으로 가득 차 있다.

삐삐는 뒤죽박죽 별장에서 혼자 산다. 힘이 초인적으로 세고, 금화가 가득 든 보물 가방도 가지고 있어서 두려운 게 없다. 어른들은 삐삐를 버릇없고 거짓말쟁이고 제멋대로인 아이라고 손가락질하지만, 삐삐의 친구들은 안다. 삐삐가 얼마나 재미있고 듬직한 친구인지 말이다.

미워할 수 없는 악동, 사고뭉치 아홉 살 소녀 삐삐는 ESTP 아이와 닮은 점이 많다. 물론 삐삐의 어떤 면을 중점적으로 보느냐에 따라 ESTP로도, ENFP로도, ENTP 유형으로도 볼 수 있다. 하지만 적어도 삐삐의 당당한 면모와 놀라운 행동력, 모험심, 명료한 판단력은 ESTP 유형과 유사하다.

ESTP 아이는 옆에 있으면 참 재미있는 아이다. 마음이 여유롭고, 친구들 사이에서 해결사 역할도 잘한다. 관찰력과 기억력도 뛰어나다. 친구들이 뭘 원하는지 잘 눈치채서 티 안 내고 잘 도와준다. ESTP 아이와 친구가 되면 어렵거나 귀찮은 부탁을 해도 잘 들어준다. 마치 삐삐가 친구들의 문제점을 명쾌하게 해결해 주는 것처럼 말이다.

관찰력과 기억력이
뛰어나다

이 아이는 누구에게도 얽매이고 싶어 하지 않는다. 어찌 보면 주변 친구들과 잘 놀고 잘 어울리는 것처럼 보이지만, 사실은 자신이 앞으로 경험할 수 있는 모험을 가장 좋아한다. 그래서 ESTP 아이와 ISTP 아이는 많이 닮았다. 둘 다 위험을 무릅쓰는 면이 있고, 대담하고, 즉흥적인 모험에 가슴 두근거려 하기 때문이다.

ESTP 아이는 ENTP 아이와 비슷해 보일 때도 있다. 재주가 많고, 고정관념에 얽매이지 않는 면, 당당해 보이는 면이 닮았다. 하지만 두 아이는 현실(S)과 직관(N)의 비율에서 달라진다. ENTP 아이는 단순한 세상도 복잡하게 파고 들어가서 알아내려는 탐구력을 가졌다. 반면에 ESTP 아이는 어렵고 복잡한 세상을 가장 쉽고 단순하게 보는 능력을 갖췄다. 한 명은 빛의 속도로 두뇌력을 발휘하고, 한 명은 빛의 속도로 행동한다. "저스트 두 잇!(JUST DO IT!)" 이 말이 바로 ESTP 에게 가장 잘 어울리는 말이다.

Just do it!
행동이 빠른 아이

물론 ESTP 아이가 말썽꾸러기로 낙인이 찍히는 경우도 있다. 충동적인 면이 강해서 호기심이 생기면 일단 실행하는 면 때문이다. 하지만 ESTP 아이의 장점은 여기서도 빛을 발한다.

어떤 곤란한 상황이 닥쳐와도 이 아이는 특유의 능수능란한 순발력으로 상황을 극복한다. ESTP 아이는 단순히 재기가 넘치는 아이일 뿐만 아니라 매우 수완이 좋은 아이기도 하다.

ESTP 아이와 반대되는 성향을 보인 아이는 거울형인 INFJ 아이다. INFJ 아이는 현실과 담을 쌓고 살면서 먼 미래를 상상할 뿐 아니라, 평행 우주와 우주 너머 세상까지 꿈꾼다. 전생, 후생, 영혼의 세계까지 발끝을 들이민다. 이 아이들은 현실에서 문제 해결력은 별로 없고 그런 일에 관심도 없지만, 대신 남들보다 정신적인 분야에서 높은 성을 쌓아 올린다. 반면에 ESTP 아이는 손으로 만질 수 없고, 눈으로 볼 수 없는 정신적인 영역에 큰 관심을 두지 않는다.

그래서 ESTP 아이는 학교 공부도 별로 재미있어하지 않는다. 책을 읽을 시간에 운동장에 뛰어나가서 친구들과 축구를 하는 편을 택한다. ESTP 아이 주변은 언제나 친구로 붐빈다. 이 아이는 친구들 사이에서 인기가 많다. 센스가 좋고, 멋도 잘

공부보다는 친구들과
신나게 뛰어노는 게
더 재밌다

내고, 유행에 민감하다. 친구들의 이름을 잘 기억하고, 친근하다. 무엇보다 ESTP 아이는 함께 있으면 매우 재미있다. 인기 많은 행사와 콘서트, 독특하고 맛있는 식당, 멋진 디저트를 파는 카페도 꿰고 있고, 학교에서 무슨 일이 일어나고 있는지도 훤히 알고 있다.

부모는 아이가 진지하게 공부하지 않아서 불만일 수도 있는데, 이 아이의 이런 사회적 능력은 나중에 아이의 인생에서 큰 힘이 된다. 할아버지 할머니에게도 농담하고 장난을 치는데 그 모습이 당돌하고 맹랑해서 ESTP 아이들을 예뻐하는 어르신들도 많다. 친절한 모범생 ESFJ 아이가 어르신들에게 싹싹하고 명랑하게 행동해서 귀여움을 받는다면, 장난꾸러기 ESTP 아이는 어쩐지 솔직하고 유쾌한 모습에 어르신들 기분까지 좋아진다. ESTP 아이와 있으면 웃음이 끊이지 않는다.

**할아버지 할머니에게
예쁨 받는 아이**

이 아이들은 위계질서를 만들지도 않고, 나이가 들어도 권위적이지 않다. ESTP는 누군가를 불편하게 하는 행동은 알아서 자제한다. 눈치와 감각이 워낙 뛰어나고, 판단력이 예리하기 때문이다. 그래서 이 아이들은 나중에 장사를 해도 귀신같이 손님의 마음을 잘 훔치고, 연예계로 진출해도 팔방미인 엔터테이너로 이름을 날리기도 한다. 루스벨트, 트럼프, 케네디 등 미국의 인기 있는 대통령은 대부분 ESTP 유형이라고 한다. 이 유형의 협상력은 다른 어떤 유형보다 뛰어나다.

사춘기 때 말썽을 부리는 아이 중에서 ESTP 유형 비율이 가장 높다는 연구 결과도 있다. 하지만 모든 ESTP 아이들이 말썽꾸러기가 되는 것도 아니고, 공부에 관심이 없는 것도 아니다. 어린 시절 부모에게 사랑받고, 인정받았던 ESTP 아이는 자신의 자부심을 키워가면서 장점을 더 발전시키고, 단점을 보완하게 된다.

아이의 장점은 특유의 너그러움과 낙천적인 면을 발휘하면서 주변 사람들을 자기편으로 끌어들이는 능력, 놀라운 설득력, 강인한 정신력과 표현력이다. 밀림에 내던져도 잘 살아나갈 것 같은 유형이 바로 ESTP 유형이다. '실생활 마법사'라고

밀림에서도
잘 살아남을 아이

지칭한다면 아마 적합하지 않을까?

눈에 장난기를 가득 담은 말썽쟁이가 나중에 기업에서 꼭 필요한 인재가 되고, 정치를 하고, 성공한 사업가가 될 수 있다. 설득을 잘하는 중개인이나 분쟁 전문가가 될 수도 있고, 대중을 읽는 감각으로 성공한 쇼 비즈니스 전문가가 될 수도 있다.

부모와의 관계를 살펴보면 ESTP 아이를 더 잘 이해할 수 있다.

NT 기질 부모와 ESTP 아이

NT 기질이 가장 잘하는 일은 무언가에 푹 빠져 깊이 들어가는 일이다. 대부분 관념적인 세계를 파헤치면서 즐거움을 얻는다. 하지만 ESTP 아이는 당장 현실적으로 즉시 도움이 되지 않는 지식 습득에는 큰 관심이 없다.

현실적으로 도움이 되지 않는
지식 습득에는 관심이 없다

이 아이는 친구 중에 제일 웃긴 아이다. 친구들끼리 나누는 최신 유행이나 토크, 농담을 잘 이해하고 활용한다. ESTP 유형에 가장 중요한 일은 현재의 삶에 도움이 되는 지식과 방법을 습득하는 일이다. 그게 친구와의 사교 생활이 될 수도 있고, 세상과 직접 부딪히며 겪는 아르바이트 경험일 수도 있다. '넓고 얕은' 지식 습득이 될 수도 있다.

NT 부모가 잠옷 차림으로 학문에 몰두해 있을 때, ESTP 아이는 최신 유행 아이템을 발견하고 나중에 이것으로 무엇을 할 수 있을지, 돈 되는 방법을 고민한다.

NT 부모는 학습의 완벽성에 대한 기대치를 낮추는 편이 좋고, 아이와 지루한 논리 싸움을 하지 않도록 한다. ESTP 아이가 어릴수록 승부욕도 강하고 말로도 지지 않으려는 면이 있어서 논리 싸움이 번져가는 불길처럼 확대될 수 있다.

NF 기질 부모와 ESTP 아이

ESTP 아이는 정서적이고 정신적인 가치에는 큰 관심이 없다. 부모는 아이가 왜 이렇게 멀리 보지 않고 당장 할 일에만 몰두하는지 안타까울 것이다. 이익을 좇아서 움직이는 아이가 세속적이라고 생각할 수도 있다.

NF 부모는 아이가 자신과는 전혀 다른 성향을 보일 수 있다는 점을 이해해야 한다. 아이는 도리어 감상에 빠진 NF 부모를 이해하기 어렵다고 생각할 수도 있다.

ESTP 아이에게는 같이 즐길 수 있는 활동이 더 중요하다. 책보다는 놀이터가, 포옹보다는 최신 장난감이 더 좋다. 좀 더 나이가 들면 아이는 최신 장비를 갖추고 싶어 한다. 최신 스마트폰에 유행하는 패션을 찾을 것이다.

ESTP 아이는 책보다는 놀이터 같은 활동적인 것을 좋아한다

활동력이 좋은 아이이므로, NF 부모는 자신의 에너지부터 챙기도록 노력하고, 아이에게 뭔가를 설명해 줄 때는 몽상적이거나 상징적인 표현을 쓰지 않도록 주의한다. 특히 어렵고 복잡한 주제를 던지고 그런 주제에 대해서 깊이 있게 얘기해 보는 시간을 가지자는 제안만은 자제하도록 한다.

INFJ나 ENFJ 부모의 경우, 아이에게 관조적인 태도로 대하면서 구속하려고 하지 않아서, ESTP 아이와 좋은 관계를 유지할 수 있다. 또한 ESTP 아이는 부모와 교류하면서 자신에게 부족한 진지한 태도와 사고방식을 은연중에 배울 수 있다.

SP 기질 부모와 ESTP 아이

SP 기질이 가장 좋아하는 일은 실제적인 체험이고, 이들은 체험을 통해 더 성장한다. 따라서 부모와 아이가 기질이 같다면 죽이 매우 잘 맞는다. 다양한 경험이나 체험활동에 함께 참여할 수 있다. 학교생활에서는 챙겨야 할 부분들이 많은데, 부모나 아이가 모두 준비물이나 과제를 잘 체크하지 못하는 편이라서, 둘 다 동시에 곤란한 상황에 부닥칠 위험이 있다.

특히 과제나
준비물을
꼼꼼히 확인하자

ISTP 유형이나 ESTP 유형 부모는 감정적으로 아이에게 기대지 않아서, 아이와 부모가 적당한 거리감을 유지할 수 있다. ESFP 유형 부모는 스킨십이 많은 편이라서, ESTP 아이에게 스킨십을 자꾸 강요하면, 아이가 그 점을 불편하게 느낄 수도 있다. ISFP 부모는 아이를 배려하다가 하고 싶은 말을 하지 못하는 경우가 많은데, 공격적인 발언이 아니라면 얼마든지 ESTP 아이에게 표현해도 된다. 도리어 하고 싶은 말이 있는 것 같은데 말을 안 하고 불편한 표정을 짓는 편이 ESTP 아이를 더 힘들게 한다.

SJ 기질 부모와 ESTP 아이

SJ 기질 부모에게 ESTP 아이는 황야의 무법자처럼 다가올 수 있다. SJ 부모에게는 내재한 법칙들이 항상 존재한다. 공부는 책상에 앉아서 하는 것이고, 쉬는 시간에 운동해야 하고, 주변 정리를 잘해야 공부도 잘할 수 있다는 법칙 말이다. 그런데 ESTP 아이는 그런 법칙에 연연하지 않는다.

그렇다고 지나치게 간섭하고 엄하게 훈육하면 울타리를 뛰어넘어 멀리 달아나 버린다. SJ 기질 부모가 할 일은 아이에게 쾌적한 환경을 조성해 주고, 아이가 필요하다고 말할 때 도움을 주는 일이다. 그 이상의 지나친 과보호와 개입은 갈등의 요인이 될 수 있다. ESTP 아이가 가장 싫어하는 일이 누군가 자신의 자유를 구속하는 일이기 때문이다.

지나치게 간섭하고
엄하게 훈육하면
아이는 달아나 버린다

ESTP 아이에게 어떤 일을 시킬 때는 권위에 의존하지 말고, 왜 그 일을 해야 하는지 합리적으로 설명해 준다.

ESTP_아이_핵심 정리

1. 액션, 낙천, 유능.
2. 예측할 수 없는 하루를 즐김.
3. 융통성, 임기응변, 문제해결 능력 3총사.
4. 행동력 만땅. 속전속결 행동파.

ESTP에게 주는 따뜻한 한마디

　많은 사람이 복잡하게 얽힌 이 사회에서 너만큼 현명하게 행동할 수 있는 사람은 별로 없어. 넌 남들보다 빨리 배우고, 인간관계에서 해결사 역할도 잘하고, 명쾌한 결론도 잘 내주지 않니? 그런 네게도 약점이 있으니 바로, 용두사미라는 점이야. 특히 네가 약한 분야가 먼 훗날까지 염두에 두면서 계획을 세우는 일이야. 하지만 사실 네 단점과 장점은 동전의 양면이지. 멀리까지 보는 면은 약하지만, 대신에 지금 눈앞에 닥친 문제들은 참 잘 해결하니까.

　아, 그리고 너는 참 선을 잘 지키는 유형이라서 그 점이 멋진 것 같아. 사람들은 선을 넘는 것과 선 안에 머무르는 것, 두 가지만 생각하지. 네가 잘하는 건 선과 선 사이에서 균형을 잡고 한 발로 서 있는 거야. 그것도 꽤 안정적으로 말이지. 한 끗 차이로 선의 안과 밖에 있는 많은 사람 모두를 웃게 만들 수 있는 사람이 바로 너야.

넌 정말 재미있고 편한 사람이야. 너와 함께라면 단 한순간이라도 지루하지 않고 일분일초 여유롭고 긍정적으로 보낼 수 있을 것 같아. 네가 결코 '꼰대'가 될 수 없는 유형이라서 내가 널 좋아하는 거 잘 알지? 넌 복잡한 세상을 가장 느긋한 시선으로, 편견 없이 바라보는 사람이라서 좋아. 너와 함께 있으면 빡빡한 세상도 좀 여유 있게 느껴져.

내가 네 부모라면 네가 참 믿음직스러울 것 같다. 어디에 내어놓아도 잘 처신할 거라는 믿음이 있거든. 사고가 자유롭고 사리 판단이 뛰어난 유형이기 때문이지.

아 참, 너는 감각 능력이 유달리 뛰어난 편이라서 혹시라도 스트레스가 많이 쌓이면 갑자기 감각이 곤두서고 신경이 예민해지기도 할 거야. 거꾸로 말하면 네 몸이 평소와 달리 예민하다고 느낄 때는 자신을 좀 다독여주는 게 필요해. 그때가 네 안에 스트레스가 가득 차 있을 때일 수 있거든.

현실적이면서 재치와 위트가 넘치고, 용기가 있으며, 씩씩하게 친구를 돕고, 하고 싶은 건 다 하는 네가 참 멋져. 네가 어른이 되어서도 어떤 것에도 구애받지 않고 자유분방한 삶을 살게 되기를 바랄게. 멋진 해적이 되어 이 세상의 보물을 모두 품에 안길. 평생 자유롭고 즐겁게 살길 바라.

무사태평 배부른 여우
ESFP_엣프피 아이

　마당발 '인싸'에 해피 바이러스를 뿜뿜 내뿜는 아이, 오늘만 사는 것처럼 얼렁뚱땅 우당탕 뭐든 적당히 해치우는 아이, 고민이 있어도 침대에 누워서 잠시 걱정하다가 그냥 잠드는 아이, 이 아이는 ESFP 유형이다.

걱정이
있어도
꿀잠

〈이솝 우화〉 '배부른 여우'와 '신 포도와 여우' 편에 나오는 여우는 ESFP 아이와 닮았다. 포도가 먹고 싶었던 여우는 몇 번이고 뜀을 하면서 포도를 입에 넣어보려고 애를 쓴다. 하지만 포도 넝쿨은 너무 높은 곳에 있어서 쉽지 않다. 그러자 여우는 재빨리 태세 전환을 한다. "저건 아마 신 포도일 거야."라고 말하고는 편한 마음으로 그 자리를 떠난다.

'배부른 여우'에서도 여우는 배고픈 상태로 숲을 걷다가 전나무 둥치 속 작은 구멍 안에서 음식을 발견한다. 배가 홀쭉한 여우는 손쉽게 구멍으로 들어간다. 배고픈 김에 뒷일은 생각도 하지 않고 배가 터지도록 음식을 다 먹고 난 후에 여우는 난관에 봉착한다. 이번에는 배가 볼록 나와서 구멍에서 몸을 뺄 수가 없게 된 것이다. 하지만 이번에도 이 낙천적인 여우는 느긋하게 생각한다. 지나가던 다른 여우가 "기다리면 배가 홀쭉해져서 나올 수 있게 될 거야."라고 충고를 던져주자, 이 여우는 그 말을 따르기로 한다. 여우는 그대로 배가 빠질 때까지 구멍에 낀 채로 시간을 번다. 결국 여우는 홀쭉해져서 구멍을 빠져나온다.

위 에피소드에서는 여우의 ESFP적인 또 다른 특성들도 볼 수 있다. 먼저 맛있는 음식을 즐기고 유유자적한 면이다. ESFP 아이는 느긋하고 태평한 면이 있고, 뭐든 긍정적으로 생각하며, 걱정이 별로 없다. 그뿐 아니라, 충동적이기도 하다. 여우는 무작정 나무를 향해 뛰어올랐고, 뒷일까지 생각하지 않고 정체를 알 수 없는 음식에 입을 벌렸다.

게다가 단순히 배가 고파서 음식을 탐하는 것 이상의 '맛'과 '품질'에 대한 집착도 보여준다. 달콤한 과일과 고기를 탐하는 여우의 모습 속에는 유유자적하면서 맛있는 음식과 풍요로운 휴식을 즐기려는 일면이 보인다.

ESFP 아이는 잘 먹고, 잘 자고, 생각도 단순한 편이다. 어떤 면에서는 이 아이만큼 키우기 편한 아이도 없다. 예쁜 옷, 맛있는 음식으로 외적인 즐거움과 배부른 즐거움을 채워주면 아이는 크게 칭얼거리는 법이 없다.

예쁜 옷과 맛있는 음식이면 행복하다

ESFP 아이와 모든 글자가 반대인 유형은 INTJ 유형 아이다. INTJ 아이는 모든 유형 중에서 가장 비밀스럽고 개인주의적이며 탐구적이고 이론적이다. 어려서부터 남들이 읽지 않는 어려운 책에 도전하고 싶어 하며, 친구와 어울리기보다는 혼자서 골똘하게 생각에 잠겨 시간을 보낸다.

반면에 ESFP 아이는 뭘 하든 친구와 함께하고 싶어 하며, 오지랄도 넓은 편이라서 어려운 친구가 있다면 자기 일처럼 보살펴주려고 한다. 때로는 상대가 원하는지, 원하지 않는지도 계산하지 않고 애정을 베풀 정도다.

ESFP 아이는 그리스 신화 속 사랑과 미모의 여신인 아프로디테와도 비슷하다. 자신을 잘 가꾸며, 감정 표현이 자유롭고, 논리나 이성을 따지기보다는 즉흥적인 감각에 따른다.

뭐든 친구들과 함께 시간을 보내는 것을 좋아한다

따뜻한 장난꾸러기 ESFP 아이를 키우다 보면, 귀여운 '댕댕이'를 보는 듯이 사랑스럽다. 하지만 부모로서는 아이가 자기 관리가 안 되고, 진지하게 뭔가를 생각하지 못해서 미덥지 않게 느껴질 수 있다. 아이는 정해진 룰에 따라 공부를 하거나 시키는 대로 얌전히 뭔가를 하는 스타일이 아니기 때문이다. 얌전한 모범생이자 빈틈없이 자기 관리를 하는 다른 아이들을 보면 부모는 이 아이가 걱정스러울 수도 있다.

하지만 ESFP 아이는 뭔가를 노력해서 얻어내고 경쟁에서

**뎅뎅이처럼 귀엽고
사랑스럽다**

승리하기보다는, 현재를 즐겁게 살아가는 게 가장 우선인 아이다. 그래서 도리어 계산적이지 않고, 경쟁하는 환경에서도 친구와 가족을 챙길 줄 아는 마음 따뜻한 면이 있다. 아이의 그런 우호적인 면은 나중에 인간관계에서 아이에게 복으로 그대로 돌아온다. 사람들은 이 친근하고 사랑스러운 아이를 좋아한다.

아이가 꼼지락거리면서 뭔가를 만들거나, 남들보다 신경 써서 옷을 입거나, 자신을 멋지게 가꾸거나, 남들 앞에서 자기 재능을 뽐낼 때, '공부를 열심히 하지 않는다.'는 이유로 부족하다고 생각하지 않는 게 좋다. 비판하거나 혼을 내는 건 상황을 개선하는 데 도움이 되지 않는다. ESFP 아이는 칭찬과 인정을 먹고 살기 때문이다. 아이는 다른 사람들의 시선을 즐기는 아이기도 하다. 이 유형을 다른 말로 '퍼포머(Performer)'라고도 부른다. 공연인, 배우, 무대 예술인이라는 의미다. 인생과 유머, 재미를 즐길 줄 아는 이 아이는 자라서도 사람을 상대하면서 다른 사람들을 즐겁게 해주는 일을 할 때 보람을 느끼고 자기 능력도 최대한도로 발휘할 수 있다.

아이는 가슴이 따뜻하고 선입견이 별로 없다. 때로는 시끄럽고, 우왕좌왕한다. 하지만 이런 즉흥적이고 요란하고, 사교적인 면이 매력이기도 하다. 이런 여유와 선량한 면을 칭찬해주고 인정해주면 아이는 점차 자라면서 자신에게 부족한 논리성이나 자제력을 키워가게 된다. 하지만 부모가 아이의 이런 면을 단점으로 생각하고 자꾸 지적하고 비판하면, 마음이 여린 이 아이는 점차 자신에게 실망하고, 긍정적이고 밝은 면을 잃게 된다. 그때 남는 것은 충동성과 활동성뿐이다.

칭찬과 인정을
먹고 사는 아이

사춘기까지 계속 비판과 지적을 받은 아이들은 충동적으로 비행을 저지르거나 말썽을 피울 수 있다. 외향적인 면이 가장 강한 편인 이 유형의 아이는 그만큼 밖에서 친구들과 함께 이런저런 사건에 휘말릴 수도 있다. 부모로서는 아이의 성향을 이해하고 좋은 면을 긍정적으로 가꿔주도록 노력하면 좋다.

ESFP 유형의 유명인은 미국 전 대통령 빌 클린턴, 레오나르도 디카프리오, 저스틴 비버, 비욘세, 린제이 로한, 캐머론 디아

즈, 아델 등 유명 배우나 가수가 많다. 가상 인물로는 〈해리포터 시리즈〉 속 '론 위즐리', 〈슈렉〉의 '동키', 〈노트르담의 꼽추〉 속 여주인공인 '에스메랄다', 〈라이온 킹〉의 '심바' 등이 있다.

직업으로는 예술가, 배우, 음악가, 패션 디자이너, 운동 관련 등 사람을 상대하는 일이면서 실용적이고 경험적인 측면이 두드러지는 직업이 좋다. ESFP 아이는 어떤 모임에 가서도 분위기를 화기애애하게 만드는 재주가 있고, 손재주나 심미안적인 감각도 좋아서, 사람과 함께 하는 직업에서 빛을 발한다. 소위 연예인이나 예술가로 성공하기도 하고, 개인 사업 등에서 출중한 능력을 발휘하곤 한다. 대신 철학적이거나 이념적이거나 학문적인 분야와는 잘 맞지 않는다. 법률가, 회계사, 공학도 등의 직업은 이들에게는 너무나 지루하고 재미없는 일이 될 수 있다.

부모와의 관계를 살펴보면 ESFP 아이를 좀 더 잘 이해할 수 있다.

NT 기질 부모와 ESFP 아이

NT 기질 부모는 아이에게 애정 표현을 하기보다는 직언을 하는 편이다. 아이는 주목받고 싶어 하는 성향도 있고, 격려를 좋아하는 편이라서 부모의 태도를 서먹하게 느낄 수 있다.

아이에게는 아무리 옳은 말이라도 직설적인 비판보다는 다정한 격려가 필요하다. 잘하지 못하는 점을 보면 솔직하게 지적하기보다는 그냥 넘어가 주는 것도 방법이다.

아이는 이론이나 논리를 앞세우기보다는 상황을 긍정하고, 그 상황을 가장 재미있게 보내고, 멋지게 보내고 싶은 아이다. 배부른 여우처럼 느긋하지만, 화려한 공작새처럼 가장 멋지게 자신의 외면을 자랑할 수 있는 아이다. NT 기질의 부모가 보기엔 생각없이 사는 것처럼 보일 수도 있지만, 아이는 복잡하게 생각하지 않기에 잘 사는 아이다. 이렇게 상황에 잘 맞춰 가면서 사는 것도 아이의 능력이다.

아이가 말을 걸면 잠시 하던 일을 멈추고 눈을 맞춰주자

NT 기질은 실력이나 능력을 중요하게 생각하는데, ESFP 아이는 뭐든 덜렁거리고 허술하게 하는 것처럼 보일 수 있다. 특히 책 읽기나 깊게 사색하는 부분에서 부모가 원하는 수준이 아닐 수도 있다. 이럴 때일수록 학문적인 능력이나 상상력, 분석력이 누구에게나 중요한 건 아니라는 생각을 해보자.

또한 NT 기질은 한번 뭔가에 집중하면 주변을 잘 돌아보지 못하는 면이 있다. 집중력을 깨는 방해에 화를 내기도 한다. ESFP 아이는 부모가 뭔가에 집중하고 있을 때 자꾸 말을 걸거나 장난을 칠 수 있다. 부모와 친해지려는 아이의 애정 표현이라고 생각하고, 잠시 하던 일을 멈추고 아이와 눈을 맞춰주자. 이 아이와는 이론적, 정신적 교류보다 몸으로 부딪치고 말로 소통하는 관계가 중요하다.

NF 기질 부모와 ESFP 아이

NF 기질 부모는 개성을 중요하게 생각하기 때문에 아이가 어떻게 하면 자기 기질대로 살 수 있을지 일찍부터 관심이 많다. 그래서 홈스쿨링을 하거나, 교과서 대신 명작 동화를 같이 읽어보면서 삶에 대한 의견을 나누거나, 대안학교를 생각해보기도 한다. 그런데 SP 기질 중에서도 가장 외향적이고 활달하고 사교적인 ESFP 아이는 남과 달라지기보다는, 남과 섞이기 위해 더 애쓰는 아이다.

도리어 부모가 상상력을 키워주기 위한 다양한 활동을 시키면 지루하다고 생각할 수 있다. 아이에게는 친구들과 어울리며 운동도 하고 체험활동도 할 수 있는 학교가 가장 재미있는 장소일 수도 있다. 학교의 규칙이 엄하거나 규율이 강하면 학교 생활에 잘 적응하지 못하는 아이들도 있지만, 그렇다고 하더라도 학교의 도피처로 책이나 사색을 하는 경우는 별로 없다.

상상력을 키워주기 위한
활동은 지루할 수 있다

가치와 철학, 근본적 원리는 아이에게 관심 분야가 아니다. 오히려 부모가 아이에게 실생활에서 좀 더 보완해줘야 할 부분은 사교 생활에 대한 사소한 주의 사항이다. 아이는 친구들과 어울리는 게 즐거워서 흥에 겨워 자기 말만 하는 경우가 있다. 아이에게 남의 말을 경청하고, 듣기와 말하기를 반 정도의 비율로 유지할 수 있도록 지도하면 좋다. 아이가 어릴수록 대화의 주제가 엉뚱한 곳으로 튀거나, 신중하게 생각하지 않고 말부터 내뱉는 경우도 있다. 부모가 이런 점을 알려주고, 말을 하기 전에 깊이 생각하고 말하도록 도와주도록 한다.

SP 기질 부모와 ESFP 아이

ESFP 아이는 생동감이 넘치고, 쾌활한 인간 비타민 같은 아이다. 쉴 새 없이 떠들고, 계속 뭔가 시도하고, 사건을 일으키고, 말썽을 피우기도 하지만, 아이가 옆에 있기만 해도 긍정적인 에너지가 계속 뿜어져 나온다. 마치 긍정과 쾌락의 호르몬인 엔도르핀 자체 같다.

SP 기질 부모와 ESFP 아이의 본질은 비슷하다. 자유를 좋아하고, 흥미를 좇으며, 좋아하는 일을 열심히 한다. 거꾸로 말하면, 계획이나 정리를 좋아하지 않고, 시키는 대로 하는 공부를 하기 싫어하며, 관심 분야가 아닌 것에는 시선을 돌리지 않는다.

아이가 집중해야 할 때는 같이 옆에 있어 주고, 아이가 스스로 어설픈 계획서라도 만들도록 한 후에, 하나씩 수행하면 옆에서 아낌없이 칭찬해주도록 하자. 아이가 쉽게 이룰 수 있는 간단한 목표와 실행 목록으로 잘게 쪼개서 계획표를 만든 후,

**아이가 집중해야 할 때는
같이 옆에 있어 주자**

아이에게 스스로 체크하면서 하나씩 완수하도록 한다. 아이가 어릴수록 집중하는 시간은 한 번에 20분이 넘지 않도록 하는 게 좋다.

아이는 타인과의 경쟁심은 별로 없지만, 자신이 한 일에 대한 보상 심리는 꽤 강하다. 그래서 게임이나 인정에 중독되는 경우도 있다. 아이의 보상 심리를 잘 자극하기 위해서 작은 성취감이라는 보상금을 주도록 한다. 잘하면 스티커를 주고, 스티커를 모으면 원하는 것을 사주는 방식도 좋다.

공부하거나 정리하는 시간 외에는 부모가 아이와 즐거운 시간을 갖도록 한다. 공부할 때는 보상을 주고, 놀 때는 즐겁게 놀도록 해주며, 항상 공부만 시키기보다는 적절하게 아이가 딴짓하도록 허용해준다. 같이 콘서트에 가거나, 운동경기를 하는 것도 좋다. 활력이 넘치는 레저 활동이 아이에게 가장 즐거운 시간이 될 것이다.

SJ 기질 부모와 ESFP 아이

아이가 가진 장점은 동전의 양면처럼 아이의 단점이 되기도 한다. 모든 유형 중에서 가장 낙천적이고 긍정적인 ESFP 아이는 사실은 어려운 상황이나 극복해야 할 문제들을 회피하는 면을 갖고 있다. 빛처럼 밝은 이 아이는 어둠을 보려 하지 않는다. 마치 여우가 "그건 신 포도야." 하면서 포도를 포기했던 것처럼, 아이는 뭐든 끈기있게 하거나 파고드는 법이 없다. 아이는 단순하고 행동력이 좋은 대신 충동적이고 즉흥적이다. 유쾌하고 재미있는 대신 놀기 좋아한다. 순발력이 뛰어난 대신에 계획성이 부족하다.

부모가 보기에 아이는 산만하고 실수투성이다. SJ 기질 부모는 집중력과 인내심, 계획성, 자기 통제력 등 뭔가 자기 자신을 관리하는 부분에서는 허점이 없다. 그러나 ESFP 아이는 부모가 중요하다고 생각하는 요소들을 별로 갖고 있지 않다.

이 점은 아이가 뭔가 부족하다는 의미가 아니라, 부모와 아이의 성향이 다르다는 의미로 이해해야 한다. 아이는 부모와 달리 응용력이 좋고, 순발력이 있으며, 어떤 상황도 낙관적이고 낙천적으로 잘 이겨낸다. 아이는 실수를 통해 배우는 유형이다.

지나친 선행 학습도 아이에게는 큰 역할을 하지 못하는 경우가 많다. 아이는 뭐든 미리 대비하는 유형이 아니기 때문이다. 도리어 부모가 자꾸 아이에게 미리 완벽한 준비를 하도록 하면 아이는 자신감을 잃고 무력감에 시달릴 수 있다. 아이의 솔직함과 화통함, 친근함, 문제해결 능력, 긍정성, 의욕, 열정, 손재주 등, 장점인 다양한 면들을 인정하고 칭찬하도록 한다. 아이의 활동성이 높을수록, 아이는 보상받으려고 뭔가를 더 열심히 하는 경향이 있다. 부모의 칭찬이나 뿌듯함이 아이에겐 가장 큰 보상이 될 수 있다.

아이에게는 채찍보다는 당근

아이가 열심히 뭔가를 하도록 하고 싶다면, 아이에게 채찍이 아니라 당근을 주는 방식이 더 아이를 달리도록 할 수 있다. 가령, 아이가 청소하거나 정리하는 부분이 만족스럽지 않더라도, 시도 자체만으로도 칭찬해주면 아이는 다음번에는 더 열심히 주변 정리를 하려고 노력할 것이다.

ESFP_아이_핵심 정리 ────────────────────

1. 모든 유형 중에서 가장 긍정적이고 낙관적이다.
2. 충동적이면서 태평하고 너그럽다.
3. 유쾌, 통쾌, 상쾌하다.
4. 천연덕스럽고, 엉뚱하고, 행동력이 뛰어나다.

ESFP에게 주는 따뜻한 한마디

'하쿠나마타타(Hakuna Matata)'라고 하는 말 들어 봤니? 〈라이온 킹〉에서 친구들이 심바에게 해준 말이야. 원래 뜻은 '문제없어.'라는 뜻인데, 확대하여 해석하면 '걱정은 모두 떨쳐 버려. 다 괜찮아질 거야.'라는 의미라고 해.

'골치 아픈 일은 잊고 현재에 충실하라'는 이 멋진 말은 사실 네 삶을 가장 잘 보여주는 말이라는 생각이 들어. 너만큼 미래에 연연하지 않고, 이 순간의 삶을 즐기는 유형은 많지 않으니까. 너와 있으면 옆에 있는 사람도 '하쿠나마타타'의 정신에 전염되는 것 같아. 너와 함께 있을 때 삶에서 작은 기쁨을 찾는 법을 저절로 배우게 되는 것 같다.

너는 정이 많고, 계산적이지 않고, 선입견이나 편견이 없어. 가끔 너는 친구는 많지만, 깊숙하게 마음을 나누는 친구가 없다는 말도 하지. 그건 네가 어떤 가치나 법칙에 지배되지 않는 사람이어서라고 생각해. 어떤 이상에도 얽매이지 않고, 집착하려 하지 않으면서 현실적으로 도움을 주는 너는 좋은 친구야.

너는 마음이 따뜻한 현실주의자고, 힘든 사람에게 포옹과 맛있는 음식을 대접하는 실질적인 사람이야. 대가를 바라지 않고 다른 사람들에게 잘 베푸는 널 보고 있으면 감동할 때가 많아. 그러니까 네가 덜렁거리거나, 사소한 실수를 많이 하거나, 뭐든 얼렁뚱땅하는 것 같아도 사람들이 도리어 네 진심을 보고 널 좋아하는 것 같아.

단, 가식이 없는 만큼 너와 달리 의도적인 사람들에게 네가 혹시라도 상처받을까 봐 걱정이야. 다행인 건 그때도 넌 '하쿠나마타타'라고 말할 수 있는 아이라는 거야. 어려운 상황에서도 기뻐질 수 있는 방법을 찾는 네가 대견스러워.

네 긍정성과 낙천성은 네 재산이 아닐까? 그러니까 가끔은 네가 사랑하는 사람들에게 상처받거나 실망하는 일이 있더라도 훌훌 털어버리고 네 즐거운 인생으로 돌아갈 수 있기를 바랄게.

하쿠나마타타! 다 잘 될 거야.

세상과 인생에 대한 네 사랑이 앞으로도 계속 화려한 불꽃놀이처럼 팡팡 터지길.

외딴 별 어린 왕자
INFJ_인프제 아이

이 아이를 어떻게 지칭하면 좋을까? 어린 보헤미안, 신비롭고 사려 깊은 아이, 깊은 내면을 가진 아이라고 부른다면 아마 적절한 표현일 것이다. 하지만 다른 별에서 온 '어린 왕자'는 어떨까?

INFJ 아이는 만화 속 '보노보노'와도 비슷하다. 보노보노는 궁금한 게 많은 아이다. 친구들이 당연하게 여기는 현상을 계속 생각한다. 그러다가 현자같이 엉뚱한 말을 하기도 한다.

어린 왕자도 상대방의 말을 경청하고, 누군가 하는 말 속 '진심'을 잘 알아채는 것 같다. 어린 왕자는 비행기 조종사가 내민 모자 그림에서 코끼리와 보아 뱀도 볼 줄 아는 '눈'을 지녔다.

또한 어린 왕자는 멀리서 다양한 존재들을 관찰하고 최선을 다해서 돕지만 어떤 무리에도 속하지 않는다. 우주를 혼자 돌아다니지만 외로워 보이지 않는다. 어린 왕자에게는 자기 자신이 가장 좋은 친구인 것 같기도 하다. 애매모호하게 은유적인 말을 하는 여우도 INFJ 아이를 닮았다.

**외딴 별의
어린 왕자 같은 아이**

INFJ 아이는 사막의 신기한 여우 같기도 하고, 외딴 별에 사는 어린 왕자 같기도 하다. 여기서 '외딴'이라는 단어를 사용한 이유는 실제로 INFJ 아이가 다른 사람들과 쉽게 어울리는 성향이 아니기 때문이다. 이 아이에는 알 수 없는 아우라가 있는데, 평범한 어린아이라고 하기에는 속 깊고 비밀스러운 분위기가 느껴진다. 어린아이라도 사색에 잘 잠기고 철학적인 사고를 하는 경향이 있다. 겉은 수줍고 무뚝뚝해 보이는데, 대화를 해보면 애 어른 같은 면도 있다.

그렇다고 INFJ 아이가 영악스러운 아이인가 하면 그렇지는 않다. 도리어 이상할 정도로 나이에 비해 순진한 면이 있고, 일상생활에서는 서툴러 보일 때도 많다. 현실 감각이 별로 없는 편이라서, 행동이 야무지지 못하고, 자기 몫을 잘 챙기지도 못한다. 옆에서 보기엔 항상 양보하는 역할이다. 그러면서도 마치 세상사를 다 깨우친 도인처럼, 뭘 해도 그러려니 하고 넘기고, 자기주장을 하지도 않고, 욕심을 부리지도 않는다.

배려심 깊고
양보를 잘하는 아이

이 아이가 유일하게 자기 것으로 주장하는 게 있다면 바로 책이다. 〈나니아 연대기〉에서 옷장으로 들어간 아이들이 환상 체험을 하듯이, 이 아이는 다락방에서, 이불 속에서, 방구석에서 책을 통해 세상과 소통한다. 어릴 때부터 철학책이나, 어른들이 읽을 것 같은 문학 작품을 보기도 한다. 권선징악이나 교훈적인 이야기는 단순해서 재미없다고 생각한다. 사춘기에는 감수성이 더 예민해져서 비유, 상징, 초자연적인 현상, 초현실주의나 추상적인 문장에 마음이 끌리는 일이 많다.

책을 많이 읽고
좋아하는 아이

책을 읽으면서 쌓아둔 수많은 사고와 사색을 건져 머리와 심장에 나누어 담는다. 그래서 아이가 하는 말에는 아이답지 않게 깊은 식견이 묻어날 때가 많다. 아이는 주변보다 자기 자신에게 집중한다. 어른들도 중년이 넘어가서야 고민한다는 자신의 정체성 고민을 일찍부터 시작한다. INFJ 아이는 눈에 보이는 것보다 눈에 보이지 않는 세상에 포커스를 맞춘다. 이 아이는 평생 자신이 '어떻게' 인생을 살아가야 하는지를 고민한다. 그래서 이 아이는 어른들이 어떻게 사는지, 어떤 생각을 하는지, 진심으로 자기 자신에게 솔직하게 살고 있는지도 잘 알고 있다. 아이를 함부로 대하거나, 약자를 강제로 억압하거나, 타인을 속이는 행동을 하면 비판적인 시각으로 본다. 자기만의 가치관을 일찍부터 세우고, 자신이 옳다고 생각하는 세상에 대한 비전을 세운다. 하지만 아이는 원래부터 공감 능력과 배려심을 타고나서, 자신의 마음에 들지 않는 사람 앞이나 상황에서도 자신의 불편한 감정을 드러내지 않는다.

너그럽고
이해심 많은 아이

이 아이는 정답이 없는 질문을 던지고, 삶의 방식에 대해 고민한다. 부모로서는 아이가 엉뚱하다는 생각을 할 수 있다. 아이가 지나치게 이상한 생각에 시간을 많이 쏟는 것 같아서 걱정되기도 할 것이다. 하지만 아이를 통제하거나 혼내는 방식은 지양하는 게 좋다. 그 경우에 아이는 자신을 이해하지 못하는 현실에 답답함을 느끼고 더 구석에 있는 소행성으로 오랜 여행을 떠나버릴 수 있다. 그러므로 부모가 할 일은 아이의 질문에 최대한 정성껏 대답해주고 아이의 생각을 들어주는 일이다. 현실적인 부모라면 이런 일이 쉽지 않겠지만, 아이에게는 정신적인 영역이 워낙 크다. 만일 그 부분을 잠재워버리면 아이는 자기 자신이 아무것도 아니라고 느낄 것이다.

INFJ 아이는 여러 사람이 모이는 자리에서 쉽게 피곤함을 느끼고, 처음 만난 사람을 불편하게 느낀다. 낯을 많이 가리고 사람들과 쉽게 친해지지 않는다. 엄마 친구에게 인사를 할 상황에서도 머뭇거리며 엄마 뒤로 숨는 경우도 있다. INFJ 아이가 수줍음이 많고, 어른들에게 꼬박꼬박 인사를 잘하지 못하더라도, 이해해주도록 한다. 모르는 사람 앞에서 얼어버리는 것일 뿐, 마음은 어른들에게 싹싹하게 행동하고 싶어 한다. 정서적으로 안정된 어린 시절을 보낸 INFJ 아이는 자라면서 점차 타인과 유연한 관계를 맺을 수 있게 된다.

수줍음이 많아서 인사하는 것도 어려워하는편이다

아이에게는 철학자적인 면도 있고, 선지자 같은 면도 있고, 사색가나 예언가 같은 면도 있다. 성인이 되고 나면 분석력이 더 좋아진다. 이 아이가 사색하는 능력은 이 아이의 재능이다. 이 아이는 과거와 미래를 오가면서 지금 이 시점을 통찰하는 눈을 가졌다. 상상력과 더불어 분석력까지 가지고 있다.

INFJ 아이는 INTJ 아이처럼 호기심도 많고 지적 욕구도 높다. 단지 INTJ 아이가 지식 자체를 위한 분석에 초점을 맞춘다면, INFJ 아이는 분석을 통해 타인을 이해하고 수용하며 상대방에게 도움을 주려는 마음이 조금 더 강하다. INTJ 아이가 다른 친구들과의 소통에 큰 관심이 없는 편이라면, INFJ 아이는 다른 아이들과의 커뮤니케이션을 적절히 이어 간다. INFJ 아이는 대체로 누구에게나 친절하고 여러 아이와 두루두루 친하다. 하지만 친구들과 잘 지내는 듯 보여도 마음을 주는 진짜 친구는 쉽게 생기지 않을 수 있다. 앞서 말했듯이, 이 아이의 주요 관심은 밖이 아니라 내면을 향해 있고, 친구를 쉽게 만드는 성격도 아니기 때문이다. 부모가 아이의 친구가 되어주는 것도 좋겠지만, 마음을 나눌 수 있는 진짜 친구를 만나도록 도와주면 좋을 것이다.

INFJ 아이는 사람을 파악하고 패턴화하는 능력이 있지만, 누구에게나 무조건적인 지지를 보낸다. 친구의 재능을 제일 먼저 발견하고 격려해주기도 한다. 그래서 누군가에게는 잊을 수 없는 고마운 사람이 되기도 하고, 성인이 되면 여러 사람의 정신적인 지도자가 되는 경우도 많다. 상상력이 풍부하며 생각이 깊어서 작가가 되기도 한다. INFJ의 유명한 인물로는 심리학자 칼 융, 철학자 플라톤, 작가 헤르만 헤세와 J. K. 롤링이 있다. 영화 속 인물로는 디즈니 캐릭터 '포카혼타스', 〈해리포터〉 속 '덤블도어'가 있다.

부모와의 관계를 알아보면 INFJ 아이의 특성을 보다 자세히 알 수 있다.

NT 기질 부모와 INFJ 아이

INFJ 아이는 엄청난 독서광인 경우가 많다. 쉬는 시간이나 점심시간이면 학교 도서관에 들어가서 책을 보는 일이 가장 즐거운 일 중 하나다. 외출하면 일부러 서점에 들러서 책을 구경하기도 한다.

아이와 같이 책을 읽고
함께 이야기를 나누기

NT 부모는 아이의 호기심과 지식 욕구를 채워줄 수 있는 좋은 부모다. 아이와 같이 책을 읽고, 글을 쓰거나 우주에 관해 이야기를 나눠본다. 아이에게 좋은 책이나 다큐멘터리를 소개해준다. 또한 부모와 아이는 세상을 바라보는 시각이 비슷해서 서로 잘 이해할 수 있다. 현실적인 면에 연연하지 않고 정신적인 영역에서 즐겁게 노는 방법을 둘 다 잘 알고 있다.

단, 부모가 외향성인 경우 말이 많고 전달하려는 정보가 한꺼번에 쏟아져서 아이가 멀미를 느낄 수 있다. 하고 싶은 말이 많더라도, 아이가 재미있게 듣고 있더라도, 가끔은 말을 멈추고 아이의 얘기를 들어보도록 한다. 왜냐하면 INFJ 아이는 하고 싶은 말이 있어도 먼저 말을 꺼내는 일은 별로 없기 때문이다.

NF 기질 부모와 INFJ 아이

INFJ 아이는 같은 NF 기질인 부모 밑에서 자라면 편안함을 느낀다. 같이 영화를 보거나, 책을 읽거나 대화를 하더라도 NF 기질 특유의 개성이나 관심사에 대한 부분을 서로 잘 이해할 수 있기 때문이다.

게다가 NF 기질은 권위의식을 내세우는 편이 아니라서 부모와 아이가 친한 친구 같은 느낌을 가진다.

단지 부모가 외향성 성향이 아주 강한 경우에 INFJ 아이가 적극적인 부모의 성향에 맞추려다가 지칠 수 있다. 부모는 친구처럼 아이에게 새로운 제안을 하고 외부적인 활동에 같이 참여하기를 원하는데, 아이는 그런 일이 반복되면 번거롭고 피곤하다고 생각할 수 있다. 그래도 정서적인 면은 잘 맞기에 큰 문

아지트를 만들어서
혼자 있을 시간을
충분히 보장해준다

제는 없다. 대신 집안에 아이에게 자신만의 아지트를 만들어주고 아이가 나오고 싶어하지 않을 때에는 그 안에서 맘껏 혼자 놀게 해주자.

SP 기질 부모와 INFJ 아이

SP 부모는 감각이 발달하고 현재를 즐길 줄 아는 부모다. 아이를 데리고 이곳저곳 다니면서 식견을 쌓도록 해주고, 맛있는 음식이나 신체적 활동의 즐거움도 가끔 느끼도록 해주면 좋다. 아이에게 부족한 사교성과 가벼운 오락 시간에 대한 감각을 부모를 통해 습득할 수 있다. 생각이 많아서 우울해지기도 쉬운 INFJ 아이에게 부모와 함께 보낸 유쾌한 시간은 매우 소중하다.

아이가 부모 앞에서 어리광을 피우고 고민을 다 얘기한다면 부모를 정말 좋아하고 따르는 것이며, 건강하게 잘 자라고 있다는 것이다. 이 아이는 애정 표현이 적극적이지 않고 자신의 감정을 잘 표현하지 않는 편이다. 감정적인 유형 중에서 가장 이성적인 유형이기도 하다. 하지만 몇 안 되는 사람에게 마음을 터놓고, 안심할 만한 상대라고 생각되면, 자기 자신의 못난 모습도 다 보여준다.

아이에게 무섭거나 폭력적인 장면은 보여주지 않도록 하기

또한 아이는 감정 이입이 워낙 뛰어나고, 상상력도 풍부하다. 그래서 무서운 영화나 끔찍한 영상, 이미지들을 잘 보지 못하고 여운도 오래 간다. 큰소리를 무서워하고 천둥소리에 깜짝 놀라기도 한다. 그러므로 아이의 예민한 면을 잘 이해하고 아이가 어릴수록 폭력적인 장면은 보여주지 않도록 한다.

SJ 기질 부모와 INFJ 아이

부모는 세부적인 부분을 잘 보고, 아이는 거시적인 부분을 잘 본다. 그래서 INFJ 아이를 공부시키고 싶다고 참고서를 사다 주거나 학원을 보내는 것만으로는 큰 효과를 볼 수 없다. 이 아이는 내면적 동기에 의해 움직인다. 공부를 왜 해야 하는지, 어떤 사람이 되고 싶은지, 어떤 삶을 살고 싶은지에 대해 아이의 이야기를 들어주는 시간을 가져본다.

공부를 위해 학원이나 참고서를 주는 것만으로는 큰 효과가 없다

부모가 현실적인 부분에 대한 약간의 팁과 조언을 준다면 아이는 스스로 공부를 하려고 할 것이다. 이 아이는 현실 감각이 열등 기능이라서, 현실을 객관적으로 보거나, 세부 사항을 구체적으로 체크하는 부분은 부모보다 약하다. 지나치게 이상적인 꿈을 꾸면서 거대한 계획을 세울 수 있다. 게다가 아이는 완

벽주의적인 면이 있고, 인내심이 많아서 무리하면서도 하려던 일을 하려고 한다. 아이가 지치다가 스스로 실망하는 일이 벌어지지 않도록, 현실적인 계획을 세우는 부분에서 부모가 도움을 주면 좋다.

INFJ_아이_핵심 정리

1. 겉은 바삭바삭하고 속은 촉촉하다. 수줍음이 많지만 속은 따뜻하다.
2. 싸움을 싫어해서 싫은 소리도 못하고, 반대 의견을 말하지 못한다.
3. 사고 체계 정리를 좋아한다.
4. 마음 편한 상대에게는 허술한 면도 다 보여준다.

INFJ에게 주는 따뜻한 한마디

넌 깊은 숲속에서 은거하는 마법사나 꼬마 마녀 같아. 평범하게 텃밭을 가꾸거나 이웃 사람들과 어울리기보다는, 작고 낡은 은신처에서 너만의 실험에 몰두하는 사람이니까. 작고 검은 고양이 친구, 향이 좋은 약초와 두꺼운 마법서, 비를 막아줄 든든한 지붕, 밤하늘의 별만 있다면 너는 그 삶이 풍요로운 삶이라고 생각할 거야. 그만큼 네게는 세속적인 욕망이 없어. 넌 네가 귀하게 만든 약초도 아픈 사람들에게 대가 없이 나눠주잖니. 그들의 병이 낫고, 아픈 사람이 행복한 미소를 짓는 모습을 보면서 너 역시 마음이 행복감으로 가득 차지.

그런데 사람들이 마녀에게 도움을 받으면서도, 마녀를 공동체의 일원으로 생각하지 않지. 역사 속에서 마녀는 무녀나 예언자, 치료자의 역할까지 했지만, 때로는 밀고를 당하거나, 억울한 누명을 뒤집어쓰기도 했어. 그 이유는 마녀가 가장 독립적인 존재이자 이방인이어서야. 누군가 희생을 당할 사람이 필요할 때 사람들은 자기 주변의 사람 대신, 멀리 떨어져서 외따로 사는 사람을 지목하는 경우가 많으니까.

무녀, 샤먼, 마녀, 마법사, 이런 단어들에서 공통으로 느껴지는 느낌이 있지? 바로 다른 사람들과 '다른 사람'인 것 같은 느낌이야. 널 보면 엉뚱하다거나 4차원이라고 말하는 사람도 있을 것 같아. 네 초연한 모습을 보고 차갑다고 말하는 사람도 있을 거야. 네 마음이 현실을 떠나서 다른 세상에 가 있는 건 맞아. 넌 인간을 사랑하면서도 쉽게 다가서지 못하는 시니컬한 면도 지니고 있어. 다른 말로 개인주의를 지극히 사랑하는 사람이라고 할 수도 있을 것 같아.

별들 사이를 여행하는 어린 왕자처럼 너는 네가 원하는 세상을 떠돌면서, 어디에도 속하고 싶어하지 않는 것 같아. 네가 직업을 가진다면 남들에게 보이기 위한 직업을 갖기보다는 네가 하고 싶은 일을 하겠지. 표현하고 싶은 세상을 만들 수 있는 일이라면 어떤 일이든지 할 거야. 때로는 남들이 가는 길과 완전히 달라서, 이상하다는 얘기를 듣거나, 뭔가 잘못하고 있다는 평가를 받는 일도 있을 거야.

너는 남과 달라. 너는 모든 유형 중에서도 가장 소수에 속하는 유형이고, 네 머릿속을 누가 짐작이나 할 수 있겠니? 우주를 여행하면서 네 꿈을 펼치는 네게, 지구의 작은 지역에서 항상 하던 대로 물고기를 잡고, 농사를 짓던 사람들이 하는 말은 자신들에게만 맞는 말일 수도 있어. 어떤 경우라도, 너 자신을 믿고 네 내면의 목소리를 좇았으면 좋겠어. 넌 네가 예상하는 것보다 훨씬 더 스펙트럼이 넓은 사람이야. 남들은 직장에 다니고, 결혼하고, 아이를 키우는 삶이 가장 행복한 삶이라고 생각할 수도 있어. 네 호기심과 욕구를 따라서 자신이 진짜로 좋아하는 일을 찾으려고 이런저런 시도를 해보는 네게 철이 없다는 단편적인 말을 던질 수도 있지.

너 자신이 누구인지, 뭘 할 수 있는지, 뭘 하면서 가장 행복할 수 있는 사람인지를 항상 잊지 않았으면 좋겠어.

그리고 어디에도 온전히 속하지 못하고 자기 자신으로만 남으려고 하는 너 자신의 마음속에 외로움이 항상 고여 있다는 것도 잘 알고 있어. 뭐든 너무 고여 있으면 안 좋은 냄새가 나기 시작하는 거 잘 알지? 외로운 길을 갈 수는 있지만, 그래도 이왕이면 같이 끌어주고 잡아줄 수 있는 친구를 만나면 더 좋겠다. 네 소울메이트가 어디선가 널 기다리고 있다가 따뜻하게 맞아주길 바랄게.

이상한 나라에 사는 앨리스
INFP_인프피 아이

'앨리스'는 이상한 검은 구멍 속에 빠진 후에 현실에서는 만날 수 없었던 재미있고 신비로운 세상을 경험한다. 중간에 몸이 커지기도 하고, 줄어들기도 하고, 미친 모자 장수나 얼굴만 남은 고양이를 만나면서 여행을 계속한다. 뒤죽박죽 신기한 세상 여행이다. 여행 중에 앨리스는 끊임없이 생각한다. 여기는 어딜까, 이곳에 있는 존재들은 어떻게 생겨난 것일까, 나는 언제 집으로 돌아갈 수 있을까.

INFP 아이는 앨리스와 닮았다. 생각이 아이스크림처럼 흐르고, 나뭇가지처럼 뻗어나가는 아이다. INTP 아이처럼 분석하며 뭔가에 몰두하기보다, 주변 상황을 신기해 하며 호기심 어린 상상력을 계속 발전시켜 나가는 아이다. 앨리스가 여왕에게 반항하듯이, 자기 생각에 정의롭지 못하다고 여기는 일이 발생하면 용감하게 대들기도 한다. 자신의 감정에 충실하고 정직하다. 그렇듯이 INFP 아이는 감정을 잘 느끼고 즐기면서, NF 기질 중 가장 주관이 뚜렷한 아이기도 하다.

숲속 안쪽에서 연두색 풀을 뜯어 먹는 순한 새끼 사슴을 떠올려 보자. 그 사슴의 심장에는 영화관이 있다. 그 안에서는 다양한 생각이 폭우를 일으키기도 하고, 먹구름을 불러내기도 하며, 때로는 어느 현실적인 세상보다 아름다운 풍경을 보여주기도 한다. 마치 다양한 영화가 상영되는 것 같다. INFP 아이에게 상상 세상은 매우 중요하다. 그래서 이 사슴 같은 눈을 가진 아이는 어른이 되어도 아이처럼 동화 같은 세상을 꿈꾸며 살기도 한다.

학교에 가야 하는데도 미적거리면서 책을 들여다보고 있고, 청소를 해도 설렁설렁이다. 열심히 안 하는 게 아니라 먼지가 쌓인 부분까지 세세하게 감지를 못한다. 몇 페이지에 무슨 그림이 있고, 소설 속 주인공이 어떤 음식을 좋아하는지, 방에는 무슨 액자가 걸려 있는지는 잘 기억하면서 말이다. 자기 집 현관 매트 색깔은 뭐였는지 물어보면 고개를 갸우뚱한다.

일상생활의 세밀한 부분에는
허술한 편

시험 전날엔 잠이 더 잘 온다

시험공부를 할 때는 무리를 해서라도 끝마치기는커녕, 예상 문제집을 풀다가 잠이 들어버린다. 학교 준비물은 잘 잊어버리면서, 길냥이를 만나면 준다고 고양이 간식은 잊지 않고 챙겨서 들고 다니기도 한다. 좋아하는 캐릭터 문구나 인형, 음반에 용돈을 아낌없이 투자하는 일도 있다. 뭐가 그렇게 소중한지, 아끼는 물건은 버리지 않고 머리맡에 간직해두고 아침저녁으로 들춰본다. 학교 가는 길에 돌멩이에 꽂혀서 상상의 나래를 펼치며 한참 동안 돌만 쳐다보고 있을 수도 있다. 한 번 생각에 빠지면 몇 번이나 불러도 대답이 없는 경우도 많다.

가끔 아무 요구도 안 해서 안 해줬는데, 눈에 눈물부터 고이는 일도 있다. 외향적이고 논리적인(ET) 부모들은 이런 아이의 반응에 당황할 때가 많다. 미리 알아서 세심하게 챙겨주는 편이 아니기 때문이다. 원하는 건 당당하게 말해도 좋지 않을까 싶어서 당혹스럽다.

온 동네 길고양이가 모두 내 친구

좋아하는 것들도 모두 내 친구

INFP 아이를 키우는 부모는 아이가 지나치게 몽상에 빠진 건 아닌지, 생활력이 없는 건 아닌지, 너무 자기 세계에만 갇혀 사는 건 아닌지, 앨리스처럼 구멍에 빠졌다가 못 돌아오는 건 아닌지 걱정할 수 있다.

하지만 팀 버튼처럼 유명한 INFP 영화감독이 증명하듯이, 그들의 몽상은 그들의 재산이 된다. 그들의 독특함은 그들의 매력이 된다. INFP 유명인이었던 존 레넌은 자신이 생각하는 이상적인 세상, 자신이 꿈꾸는 세상을 노래로 보여주었다.

INFP 아이는 느릿느릿하고, 여유롭고, 한가롭게 풍경을 감상하며, 동화책을 읽는 것 같지만, 누구보다도 뛰어난 상상력과 감성으로 더 나은 세상을 만들어간다. 그 작품은 예술품이 될 수도 있고, 가치를 실현하려는 사회 활동일 수도 있다. 소설이나 시, 영화나 노래일 수도 있다.

INFP 아이는 공부보다 자신이 좋아하는 일을 택하고, 성공보다 정신적인 취향을 좇지만, 그래서 공부만 했던 아이들보다 역설적으로 더 유명해지고, 성공하고, 인정받을 수 있다. 좋아하는 일에 대한 열정이 있기 때문에 바라는 일이 있다면 멀리 보고 장기적으로 달성해낸다.

공부를 잘하는 INFP 아이라도, 공부 외에 다양한 분야에 재주가 많을 수 있다. 그리고 사회적으로 성공하지 않더라도 이 아이들은 자기 인생을 정서적으로 풍요롭게 살아갈 것이다. 이들은 어쩌면 루이스 캐럴이 말한 마법의 '포추나투스 지갑'처럼 '밖보다 안이 큰' 아이들이다. 자신 안에 우주를 넣어서 품고

밖보다 안이 큰 아이, 마음 속에 우주가 있다

다닐 수 있다.

부모와의 관계를 살펴보면 INFP 아이를 더 잘 이해할 수 있다.

NT 기질 부모와 INFP 아이

NT 기질 부모에게 INFP 아이는 물가에 내놓은 아이처럼 보인다. 특히 ENTJ 부모가 보기에는 어리숙하고 제멋대로 사는 것으로 보여서 불안하다. 섬세한 감정선을 가진 아이를 이해하기도 어렵다. 계획성 없이 지내며, 자신과 반대인 아이를 보면서, 아이에게 '게으르다'라든가, 혹은 '생각을 안 하고 산다'는 식의 말을 무심코 할 수 있다. 그런 식의 부정적인 발언은 INFP 아이의 마음에 오랫동안 상처로 남을 수 있다. 이런 패턴이 반복되다 보면, 아이가 자신은 게으르고 무능하다는 식으로 지속해서 깎아내리며, 성인이 된 후에도 그런 부정적인 생각에서 벗어나지 못할 수도 있다.

사실 INFP 아이의 느긋함은 시간을 버리는 행동이 아니라 아이디어를 정리하고 자신을 보듬는 시간이다. 아이디어를 정리하는 시간이 얼마나 소중한지 ENTJ 유형도 잘 알고 있다.

ENTJ 유형 부모라면 자신과 방식이 다르지만, 쳐다보는 지점이 같은 아이를 그만의 방식대로 살 수 있게 배려해주는 것도 좋은 방법이다. 또한 주관적인 감정을 배제하고 사건을 객관적으로 보는 능력이 뛰어난 NT 기질로서는 감정적인 INFP 아이가 걱정스러워 보일 수도 있다. 하지만 거꾸로 말하면, 아이 입장에서는 자신을 제일 먼저 챙겨주지 않고 객관적으로 대하는 부모가 섭섭하게 느껴지고 이해가 안 될 수도 있다. INFP 아이에게 가장 필요한 것은 부모의 사랑을 포옹과 말로 표현해주는 일이다.

서로의 감정을 나눌 수 있게
자주 안아주고
다정한 말을 아낌없이 해준다

그래서 익숙하지는 않더라도 NT 기질 부모는 INFP 아이를 자주 끌어안아 주고, 눈을 쳐다보면서 '네가 소중해, 너를 제일 사랑해. 네가 어떤 모습이더라도 너를 좋아해.'라는 메시지를 전달해주는 일이 필요하다. 그렇게 서로의 감정을 나눌 수 있을 때 INFP 아이는 부모를 더 좋아하게 되고, 결과적으로 부모의 말을 따르게 된다.

NT 기질과 INFP 유형 모두 호기심이 발달하고 인문학적인 지식에 대한 이해도가 높으며, 언어를 정밀하게 잘 다루기 때문에 그런 면에서 소통이 잘 된다. 서로가 싫어하는 일을 안 하도록 조심하면서 잘 맞는 부분을 키워간다면, 함께 성장하는 관계가 될 수 있다.

NF 기질 부모와 INFP 아이

NF 기질 부모는 내향성, 감정적 공감도, 엉뚱한 상상력을 INFP 아이와 공유한다. 게다가 NF 기질의 특성상 갈등을 싫어하고 간섭을 원하지 않기 때문에, 상호 간에 좋은 관계를 유지할 수 있다. 하지만 이 관계에도 문제가 생길 수 있다.

'가치'를 중요하게 생각하는 기질이니만큼 서로의 가치관이 상충하면 깊은 골이 생길 수 있고 타협이 어렵다.

또한 부모와 아이 모두 현실성이 떨어지는 편이라서 꿈만 꾸다가 챙길 것을 제대로 못 챙기는 일도 생긴다. 게다가 세부적인 것을 체크하고 기억하는 면이 약해서 중요한 일인데도 잘 챙기지 못해서 큰 실수를 하는 일도 생긴다.

세부적인 사항들을
좀 더 꼼꼼히 챙겨준다

　간섭을 싫어하고 개인주의적인 면이 강하다 보니, 부모도 아이에게 뭔가를 억지로 시키지 않는다. 개선해야 할 사항도 서로 지적해주지 않고 내버려 두다 보면, 짧은 시간에 달성할 수 있는 일도 오랜 시간을 거쳐서 하게 되는 일이 생긴다. 그래도 같은 기질이다 보니, 돌아서 가는 길도 즐기며 걸어간다. 부모도, 아이도, 결과보다 과정을 중요하게 생각하는 유형이기 때문이다.

SP 기질 부모와 INFP 아이

　SP 기질 부모 중 ISTP, ESTP, ESFP 유형은 솔직하고 유쾌하며 직설적인 편이다. 부모의 유쾌한 면이 부각되면 INFP 아이도 함께 있는 시간이 즐겁고 편안하겠지만, 부모의 논리(T) 성향이 두드러지면 솔직하다 못해 아이에게 상처를 주는 사태가 발생할 수 있다.

예를 들어, ESTP 유형이나 ISTP 유형은 감정적인 면이 섬세하지 못한 경우가 많아서, 아이에게 버럭 하고 화를 내는 사례가 종종 있다. 혼을 낼 때 INFP 아이에게는 최대한 부드럽고 합리적으로 대하는 것을 잊지 않도록 한다.

버럭 화내지 않도록
주의한다

또한 외향적인 SP 유형(ESFP, ESTP)은 INFP 아이에 대한 정보를 무심코 친구들에게 말하지 않도록 주의한다. INFP 아이는 자신의 허락도 받지 않고 자신 얘기를 남들에게 하는 것을 좋아하지 않는다.

그런 점만 주의한다면 SP 기질과 INFP 유형은 상호 보완적으로 잘 지낼 수 있다. 아이의 부족한 현실성을 SP 기질 부모가 채워주고 격려해줄 수 있다. 아이와 함께 여행을 다니고 새로운 경험을 나누면서 즐거운 추억을 만들고 공감을 나눌 수 있다. INFP 유형의 감성적인 면은 특히 ISFP 유형과 잘 통하는 면이 있어서, ISFP 유형 부모는 INFP 아이와 친구처럼 지내는 것도 가능하다.

SJ 기질 부모와 INFP 아이

일상생활의 난제를 해결하고 주변 사람들을 물심양면으로 잘 도와주는 SJ 기질은 현실적으로 부모로서 가장 바람직한 유형이다. 특히 감정선이 발달한 SJ 기질은 아이의 실제 생활을 쾌적하게 유지해주고, 생활에 불편이 없이 잘 보살펴줄 뿐 아니라, 아이의 감정까지 살핀다. SJ 부모들은 다른 기질보다 가정적이다.

단지 SJ 기질은 계획성이 좋고, 뭐든 정해진 대로 하려는 생각이 강하다. 그렇다 보니 즉흥적이고 새로운 것에 쉽게 끌리는 INFP 아이를 자꾸 관리하려 들 수 있다. 마치 테두리에서 벗어나려는 아이를 중심으로 잡아당겨서 위험에 빠지지 않도록 보살피려는 것과 비슷하다. 그 경우 개성을 가장 중요하게 생각하는 INFP 아이가 SJ 부모의 말에 반항할 우려가 있다. 그래서 SJ 기질의 부모는 INFP 아이를 대할 때 지나친 '틀'이나 '규칙'을 강조하지 않도록 노력하는 게 현명하다. INFP 아이는

NF 기질 중에서도 가장 고집이 센 편이다. 그래서 내키지 않으면 시키는 일을 잘하지 않는다. 예를 들어 정리 정돈도 SJ 부모의 노하우가 이미 훌륭하게 잡혀 있겠지만, 아이는 부모가 원하는 대로 하려고 하지 않는다.

INFP 아이에게 정리 정돈을 시킬 때는 아이가 찾기 편한 방식으로 정돈하도록 하고, 조금 주변이 어지러워 마음에 들지 않더라도 아이가 나름의 방식으로 정리할 때까지 시간을 두도록 한다.

아이의 스타일을 존중하며 기다려준다

또한 INFP 아이의 상상력과 엉뚱한 면을 이상하다고 몰아붙이지 않도록 하는 게 좋다. 아이가 보는 세상은 넓고 아이의 가치관은 전통적인 잣대에 휘둘리지 않는다. SJ 부모에게 정답은 하나일 수 있지만, INFP 아이에게 정답은 여러 개다. 성공에 대한 기준도 전혀 다르게 생각할 수 있다.

마지막으로 SJ 기질 부모는 아이가 실수하거나 잘못한 것들을 더 많이 말하는 경향이 있다. 아이는 잘 위축되므로, 잘못한 것보다 잘한 것을 자꾸 이야기해주며 격려해준다. 부모의 방식만 강요하지 않는다면, 부모의 보호와 보살핌 아래서 INFP 아이는 가장 부모에게 잘 의지하며 편안하고 행복한 아이로 자랄 수 있다.

INFP_아이_핵심 정리 ────────────────────────────●

1. 개성적인 예술가 기질, 예술을 하지 않아도 예술을 하는 것 같은 아이.
2. 밤을 새워 가며 어떤 일에 대해 고민하거나 상상의 나래를 펼치는 아이.
3. 자유로운 음유시인.
4. 의외로 고집쟁이.
5. 모든 유형 중에서 가장 이상주의자.

INFP에게 주는 따뜻한 한마디

크리스텔 프티콜랭이 쓴 〈나는 생각이 너무 많아〉라는 책이 있어. 생각이 생각에 꼬리를 물고 직관력이 계속 빛처럼 뻗어나가는 아이들에 대한 에세이집이야.

그 책 속의 아이는 감수성이 풍부하고, 영혼의 도량이 넓고, 남다른 시선으로 세상을 보지. 남들은 하늘이 파랗다고 하지만, 그 아이가 보는 하늘은 매번 달라지는 색감으로 변화해. 그 아이가 느끼는 세상의 모든 사물은 변해가고, 그래서 아름답고, 매혹적이야.

그 아이의 어떤 면은 너와 많이 닮았어. 나는 네 상상력과 너만의 독특한 시선과 감정을 소중하게 생각해. 너는 거짓말과 불의를 싫어하잖아. 네가 생각하는 조화롭고 멋진 신세계를 나도 만나고 싶어.

네게 상처가 많을 수도 있겠다고 생각해. 경험해보지 않은 사람이 네가 보고 느끼는 세상을 어떻게 똑같이 느낄 수 있겠니?

사람들마다 가치관이 다르다는 건 누구나 알고 있지만, 네가 어리기 때문에, 네 가치관이 하찮다거나 미숙한 거라고 치부해버려서 너도 속상했을 거야.

나도 알아.

때로는 아이보다 못한 어른들이 있다는 거. 눈처럼 하얀 세상에 커다란 검은 발자국을 얼룩처럼 남기는 존재가 어른들이라는 거. 눈사람을 만들어 눈에 생명을 부여해주는 게 훨씬 더 건설적인 일이 될 수도 있는데, 어른들은 눈이 지저분해진다면서 쓸어버리곤 하잖아.

즐겁게 일하지도 않고 투덜거리면서 말이지. 꼭 뭔가 결실을 내야만 존재가 아름다워지는 건 아닌데, 세상 사람들은 남들 눈에 보이는 뭔가를 좋게 보곤 하지. 때론 쓸모없는 것들이 가장 쓸모 있는 존재일 수도 있는데, 어른들은 왜 그런 걸 모르는 걸까.

불확실성에 대해 끌림, 너와 다른 존재에 대한 공감 능력(심지어는 그 존재가 사람이 아니라고 할지라도), 다른 사람들에게 도움이 되고 싶은 선한 마음, 네 안의 느긋함과 여유는 네 매력 포인트야. 그러니 너와 다른 사람들이 너에 대해서 함부로 충고하거나 지적하는 건 그냥 접어 둬.

특히 눈물이 많다는 둥, 예민하다는 둥, 주변 정리가 안 된다는 둥, 하는 말은 동전의 양면이라고 생각하면 좋겠어.

눈물이 많다는 건 그만큼 여러 존재에 대한 애정이 있고 자기감정에 솔직하다는 거로 나는 생각해.

예민하니까 놀라운 차별성으로 남과 다른 예술작품을 만들어 낼 수 있고, 다른 사람의 감정까지 살필 수 있어.

주변 정리가 안 되는 사람은 또 얼마나 친근하니? 정리란 자기 방식대로 편하게 정돈하는 거라고 나는 생각해. 사람의 인생도 마찬가지고 말이지.

단지 네가 좀 더 신경 썼으면 하는 점이 몇 가지 있어. 다른 사람에게 보이기 위해서가 아니라 네 자신을 위해서 말이지.

너무 많은 사람의 심정까지 생각하다가 똑 부러진 결정을 못 내리는 경우가 있잖아.

좀 더 분석적이어도 되고, 좀 더 냉정해져도 괜찮아.

네 시소는 감정 쪽으로 기울어져 있으니 시소의 한쪽을 좀 더 올려도 돼. 실수하면 속상해하는 것도 잘 알아.

실수를 실패라고 생각하지 말았으면 좋겠어. 네 상상력은 네 실수마저도 실패까지 확대 해석하곤 하니 말이지.

네가 뭐든 남에게 도움이 되려고 하니 그 마음을 악용하는 사람도 있을까 봐 슬쩍 걱정되기도 해. 숲속에서 이슬비를 맞고 자란 여린 풀을 먹던 사슴은 친근한 척 손을 내미는 사냥꾼의 존재를 모르고 다가서기도 해.

거절해야 할 때는 더 먼 상황까지 멀리 보고 거절을 해보는 건 어떨까? 네가 피곤할 때 거절하는 건 상대방에게도 좋은 일이 될 수 있을 거야.

다음에 네가 컨디션이 더 좋아질 테니 도움이 필요할 때 도와줄 수 있잖니. 진심으로 너를 생각해주는 사람이라면 네가 거절해도 네 입장을 이해해 주지 않을까. 그렇지 않은 사람이 있다면 그 사람이야말로 네가 멀리해야 할 사람일지도 몰라.

그리고 정말 하고 싶은데 자꾸 미적거리고 시작하지 못하는 일이 있다면 좋은 방법이 있으니 알려 줄게. 그냥 시작부터 하는 거야.

이건 좀 다른 얘기인데, 사람들의 주관도 네 주관만큼 소중히 여기고 이해해줬으면 좋겠다. 네가 싫어하는 사람도 언젠가는 좋아지거나 이해가 되는 일이 있을 거라고 생각해. 마음을 열고 바뀌는 공기를 흡입해 봐.

그럼, 상상 여행을 계속해 볼까? 마음껏 미로를 헤매고, 이상한 나라를 탐험하고 언젠가 현실로 돌아오면 돼. 여전히 이 세상에는 홍차 향기가 가득하고, 숲속에는 사랑하는 사람들과의 티파티가 벌어지고 있을 거야.

　네가 머리만큼 몸을 더 많이 움직이고 생각보다 행동을 좀 더 많이 하도록 노력한다면 네 안의 앨리스는 더 신나는 여행을 하게 될 거야. 더 싱그럽고 신기한 세상을 맛보자고. 멋진 여행을 하길 바랄게.

꿈이 있어서 행복한 왕자
ENFJ_엔프제 아이

오스카 와일드의 〈행복한 왕자〉에는 왕자 동상과 작은 제비가 나온다. 겨울이 오고 남쪽으로 날아갈 날을 꿈꾸던 제비는 어느 날 황금 왕자 동상 아래서 지친 날개를 쉰다. 위에서 뭔가 물이 떨어져서 올려다본 제비는 깜짝 놀란다. 왕자가 눈물을 흘리고 있었기 때문이다. 이 동화는 왕자와 제비가 자신이 가질 수 있었던 모든 물질적인 것들을 불쌍하고 가난한 사람들에게 내어주고, 아무것도 남기지 않은 대신, 행복을 얻는 것으로 끝난다.

왕자는 더는 앞을 볼 수 없으리라는 것을 알면서도, 보석으로 만든 자기 눈을 떼어 낸다. 개인적으로 아는 사이도 아닌 가난한 사람을 위해 자기 보석을 내어준다. 주고, 또 주고, 다 주고 나서도 행복해한다. 제비도 왕자와 뜻을 같이한다. 지금 왕자 곁을 떠나 남쪽으로 날아가지 않으면 얼어 죽게 될 거라는 사실을 알면서도, 왕자 옆을 떠나지 않는다.

왕자와 제비는 ENFJ 유형과 닮았다. ENFJ 유형은 누가 말하지 않아도, 상대방의 심정을 직관적으로 느끼고 저절로 반응한다. 상대가 울지도 않았는데 먼저 그 마음을 느끼고 눈물부터 흘리는 아이가 바로 ENFJ 아이다. ENFJ 아이는 어릴 때부터 공감 능력이 뛰어나다. 친구를 가리지 않고, 누구하고도 친근하게 어울린다. 자신보다 처지가 안 좋은 친구들을 챙겨준다. 이 아이들은 기본적으로 이타심과 동정심이 발달해서, 자기 주변의 모든 사람이 평등한 세상에서 행복하기를 바란다.

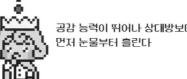

공감 능력이 뛰어나 상대방보다
먼저 눈물부터 흘린다

왕자의 동상은 철거되면서 동화 속 마을에서는 사라졌지만, 현실 속 ENFJ 아이 주변에는 항상 친구들이 모인다. 부드러운 카리스마와 다정한 말솜씨 때문에 모임에서 주인공이 되는 일이 많다. ESFJ 아이가 뭔가 야무지면서도 주변을 잘 챙기는 싹싹한 아이라면, ENFJ 아이는 야무지거나 싹싹한 느낌은 아니지만 몽글몽글하고 따뜻하고 친근하다. 말을 예쁘게 하고, 상대방을 따뜻하게 격려해주고, 고민 상담도 매우 진심으로 해주는 친구다.

다정한 말솜씨로 주변에
항상 친구들이 모인다

ENFJ 아이는 말을
정말 예쁘게 한다

ENFJ 아이는 친화력이 뛰어나고, 누구를 만나더라도 부드럽게 스며드는 매력을 지녔다. 자기 할 일을 계획적으로 잘하고 성실하며 배려심이 뛰어난 것은 기본이다. 문제는 이 아이의 이런 순수하고 여린 면이 누군가에게는 그저 만만하게 보일 수도 있다는 점이다.

ENFJ 아이의 특성 중 하나는 거절을 잘하지 못하는 점이고, 논쟁이나 싸움을 달가워하지 않는다는 점이다. 조화에 대한 욕구가 크기 때문에, 이 아이들은 자신 때문에 누군가 불편하지는 것을 바라지 않는다. 또한 주변 상황 때문에 자신이 둘 중에 하나를 선택해야 하는 상황도 반기지 않는다.

특히 ENFJ 남자아이의 경우, 활발하고 자기주장이 강한 친구들 사이에 있거나, 강압적인 어른들과 함께 지내야 하는 상황이라면, 다른 유형보다 훨씬 더 힘든 시간을 보낸다. 만약 어린 시절에 자신의 섬세한 면이 '약해 빠졌다'라는 식으로 평가절하되면, 이 아이는 자신에 대한 자부심을 느끼기도 전에 자신을 부정하는 세계로 발을 들이밀게 된다. 그때부터는 더 쭈뼛쭈뼛하며, 주변 사람들의 눈치를 보게 된다. 억지로라도 강한 척, 남자다운 척, 거친 척해보려고도 시도한다. 하지만 그 결과 본래의 자신과 외부적으로 드러난 자신 사이에서 심한 이질감을 느끼고 혼란에 빠진다.

ENFJ 자녀를 키우는 부모는 자녀가 좋은 품성과 놀라운 공감 능력을 갖췄다는 사실을 기특하게 생각하고, 자녀의 특성을 인정해주며, 칭찬해주도록 해야 한다. 사회적인 관습이나 시선을 두려워하지 않고 아이만의 특성을 장점으로 받아들여야 한다. '남들처럼' 되라고 아이에게 말하는 일은 가혹한 일이다.

ENFJ 아이를 키울 때는 꼭 말로 '너의 이런 면이 참 좋구나.' '엄마에게 이렇게 신경 써 주다니 참 고맙다. 네 덕분에 마음이 편해졌어.'라고 감사를 표현하는 게 좋다. 이 아이는 스킨십이나 포옹도 매우 좋아하는 편이라서, 아이에게 뭔가를 칭찬해주거나 잘못을 지적할 때조차도 아이를 끌어안고 쓰다듬어주는 행동이 필요하다.

ENFJ 아이에게 칭찬할 때 쓰다듬어주면 더 좋다

ENFJ 아이는 책을 읽거나 뭔가를 창의적으로 만들어보는 일도 좋아한다. 부모는 아이와 함께 책을 읽으면서 책 내용에 관해 이야기를 나누어봐도 좋다. ENFJ 아이는 다양한 문화적 활동에 몰입하면서 만족감을 얻는다. 부모와 함께 전시회에 가거나, 음악을 같이 듣거나, 연극, 뮤지컬 등을 실제로 배워보는 것도 좋다. 어떤 경우라도 중요한 점은, ENFJ 아이가 하는 말을 흘려듣지 않고 진지하게 반응해주고, 깊이 생각한 후에 대답해주는 일이다. 아무리 어린 ENFJ 아이와 대화를 나누더라도, 아이의 눈을 가만히 쳐다보면서 아이의 말에 고개를 끄덕여주면 좋다. 아이는 정신적인 소통을 하고 있다는 느낌을 받으면 어른을 더 좋아하고 신뢰하게 된다.

아이가 원하지 않는다면 과격한 스포츠를 배우도록 강요하는 것은 아이의 정서에 상처를 줄 수도 있다. 가령 권투나 격투기 같은 경우에, 아이는 상대방을 때리는 행동 자체에 거부감을 가진 경우가 많다. '내가 때리면 상대방은 얼마나 아플까?'라는 생각 때문에, 폭력적인 행동이라고 생각하는 순간, 멈칫하게 된다.

이 경우에도 '그런 걸 뭘 그렇게 심각하게 생각해?'라며 아이의 감정을 멋대로 판단하는 일만은 자제해야 한다.

아이가 원하지 않는다면
과격한 스포츠를 배우도록
강요하지 말자

또한 ENFJ 아이를 키우는 부모는 특별히 아이에게 직설적인 비난이나 비판을 하지 않도록 조심하는 편이 좋다. 아이는 다른 유형에 비해 비판에 취약한 일면이 있기 때문이다.

자신의 성향을 인정받고 자란 ENFJ 아이는 점차 자신감과 자존감을 키우게 되고, 자라면서 더 명료한 선택을 할 수도 있게 된다. ENFJ 아이는 NF 기질 중에서도 언어적 능력이 탁월하고, 특히 글보다 말로 표현하는 재주가 뛰어나다. 마케팅이나 사람을 상대하는 분야에서도 능력을 발휘할 수 있고, 강연자나 교사로서 명성을 얻게 될 수 있다. 예술계에서 뛰어난 인재가 되기도 한다.

ENFJ의 유명한 인물로는 흑인 인권 운동가 마틴 루터 킹과 탁월한 공감 능력을 지닌 토크쇼의 여왕 오프라 윈프리, 영화 속 인물로는 〈죽은 시인의 사회〉 속 '존 키팅' 선생님이, 역사 속 인물로는 '평강 공주'가 있다. 이들 모두 자신 주변 사람들에게 따뜻한 영향력을 끼치고, 정신적 지주로서 현명한 역할을 했던 사람들이다.

부모와의 관계를 알아보면 ENFJ 아이의 특성을 보다 자세히 알 수 있다.

NT 기질 부모와 ENFJ 아이

NT 부모가 고압적으로 명령할 경우, ENFJ 아이가 NT 부모에게 상처받을 수 있다.

ENFJ 아이는 부모에게 그저 순종적으로 행동하면서도 마음속으로는 계속 부모에게 실망하는 경우가 많다.

고압적으로 명령하는 경우
아이가 실망할 수 있다

만약 ENFJ 아이가 감정적으로 덜 예민하고, NT 부모가 자신의 감정을 솔직하게 잘 표현하는 경우라면, 두 유형 사이에서는 좋은 시너지 효과가 발생한다.

서로에게서 부족한 점은 상대방을 통해서 배우고 부족한 점을 채우게 된다. 아이도 부모도, 창의력이 넘치고, 새로운 것을 호기심 어린 눈으로 받아들이는 면이 비슷하다. 같이 보내는 시간은 화제가 끊이지 않을 것이다.

NF 기질 부모와 ENFJ 아이

ENFJ 아이는 특별히 노력하지 않아도 NF 부모와 잘 지낼 수 있다. 둘 다 상대방의 심정을 세심하게 신경 쓰며, 문화와 예술에 많은 관심을 두고 있기 때문이다.

주의할 점은 둘 다 상처나 비난에 취약한 면이 있어서, 서로에게 어떤 일로 섭섭한 감정을 가지게 되면 쉽게 회복이 잘 안 된다는 점이다. 가령 NT 기질 부모의 경우, ENFJ가 속상한 면이 있더라도, 부모가 주도적으로 화해를 시도할 수 있고, 서로 마음을 트는 일도 가능하다. 그런데 NF 기질끼리 뭔가 미묘하게 어긋나면, 누구도 먼저 나서서 관계를 개선하려고 하지 않아서 화해가 더디어질 수 있다. 마음은 있으나, 화해를 선뜻 못하고 서로 조심스럽게 눈치만 보게 되는 것이다.

특히 NF 기질은 자신만의 주관이나 가치관이 확연하다 보니, 가치관이 서로 부딪치면 아무리 부모와 자식 간이더라도 용서가 쉽지 않은 면도 있다. 대부분의 경우 NF 부모와 ENFJ 아이는 잘 지내지만, 서로의 가치관이 다를 때에도 아이의 가치관은 객관적으로 존중해주려고 노력하도록 한다.

마지막으로 ENFJ 아이는 천사표라고 불리는 만큼, 매우 상냥하고 다정한 모습을 보이는 경우가 많은데, 의외로 어두운 면을 잘 드러내지 않는 경우가 꽤 많다. 일부러 안 드러낸다기보다는, 주변의 시선 때문에 신경이 쓰여, 자신의 부정적인 감

부정적인 감정도
잘 표현할 수 있도록 도와준다

정을 어떤 식으로 드러내야 할지 난감해하는 경우다. NF 기질 부모라면 감정을 섬세하게 눈치챌 수 있고, 감정 세계에 대한 이해도가 높아서 아이를 도와줄 수 있다.

아이가 뭔가 꽁해있거나 표정이 어두울 때는 "괜찮아. 기분이 안 좋은 것도 당연해. 뭐가 불편한지 말해도 돼."라고 아이가 감정을 잘 표현할 수 있도록 자연스럽게 이끌어주면 좋다. 부정적인 감정도 잘 표현할 수 있게 될 때, ENFJ 아이는 더 행복한 어른으로 자랄 수 있다.

SP 기질 부모와 ENFJ 아이

SP 기질 부모의 명랑함과 심플함이 NF 자녀의 마음을 즐겁고 편안하게 하지만, 한편으로는 ENFJ는 자신의 복잡한 생각을 부모에게 이해받지 못한다고 여길 수 있다. 단면적인 면이 강한 SP 유형 부모는 의미를 깊숙이 파고들어 가며 알고자 하는 ENFJ의 관념적인 면을 이해하기 어려울 수도 있다.

하지만 서로의 성향이 반대이고, SP 기질이 워낙 즐겁고 유쾌한 면이 많아서, ENFJ 아이가 부모의 그늘에서 휴식을 취하고 마음의 안정을 얻을 수 있다. 단지 아이에게 화를 버럭내는

SP 기질 부모의 명랑함 속에서
안정감을 느낀다

면만은 주의해야 한다. 아이는 부모의 드센 일면에 놀라서 아무 말도 안 하고 조용히 지내겠지만, 편안하지는 않다. 그 경우 마치 뭔가 먹다가 목에 걸린 것처럼, 아이는 불편한 심정으로 집에서 지내게 될 것이고, 마음의 불편함이 신체적인 증상으로까지 나타날 수 있다.

SJ 기질 부모와 ENFJ 아이

ENFJ 아이에게 가장 중요한 일은 현재 당면한 물질적 욕구를 해결하는 일보다 정신적인 만족감을 추구하는 일이다. '언제 부자가 될까?' '생일 선물을 뭘 해줄까'와 같은 현실적인 상상보다, '내가 스파이더맨이 되면 어떨까?' '온 세상 사람들이 다 부자가 되면 얼마나 좋을까?'와 같은 비현실적인 상상을 하면서 즐거워한다.

SJ 기질은 상식을 중요하게 생각하고 안정적인 삶을 염원하는 면이 있다. 이들이 보기에 ENFJ 아이는 조금 답답해 보이고 이해하기 어려울 수 있다. 아이의 몽상적인 면을 개선해줘야 한다는 의무감에서 만화책이나 낙서 노트 등을 다 버리기도 한다. 하지만 ENFJ 아이는 남들이 보기엔 사소하거나 보잘것없더라도, 자신만의 의미가 있는 물건을 소중하게 간직하는 편이라서, 부모가 그런 행동을 하는 경우에 충격을 받을 수 있다. 아이의 물건을 버리거나 처분하기 전에 꼭 아이와 의논하도록 한다.

아이와 상의하지 않고
아이의 물건을
정리하지 않는다

ENFJ_아이_핵심 정리 ─────────────────●

1. 순한 레트리버 같은 사랑스러움
2. 개성이 뛰어나고 자신만의 취향이 있다.
3. 어쩌면 저렇게 말을 예쁘게 하는지!
4. 때로는 자기 건 야무지게 남기고 베풀면 좋을 텐데.

ENFJ에게 주는 따뜻한 한마디

너는 네가 좋아하는 일에 진심으로 몰두할 수 있는 사람이야. 자신의 이익만 챙기거나, 자신의 욕구를 이루기 위해 얄팍한 수를 쓰지 않지. 마치 우아한 백조가 물 위에서 편안하게 둥둥 떠다니는 것처럼 네 모습도 고상하고 아름다워.

그런데 그 사실 알고 있니? 물 바깥에서는 보이지 않지만, 백조가 물속에서 수없이 발길질하면서 앞으로 나가고 있다는 것 말이야. 너도 그래. 겉으로 보이는 네 모습은 다정하고 느긋해 보이고, 때로는 지나치게 태평스러워 보이기까지 하지만, 사실 너는 네가 의미 있어 하는 일에 열정을 불태우는 사람이야. 주변 친구들이 중2병에 걸려서 일탈하거나 과한 행동을 할 때도 너는 무지개 너머 너만의 세상을 한없이 응시하고 있어. 네 시선은 항상 어딘가 구름 너머를 바라보고 있어. 사실 그 때문에 네게 유별나다거나 남과 다르다거나, 하는 식으로 비아냥거리는 친구들도 있지.

너는 꾸준히 노력하고, 참을성을 가지고 미래를 내다보고, 네 신념이 만들어갈 미래의 세상을 위해 부지런히 발길질하는 사람이야. 남들에게만 그 모습이 통째로 보이지 않을 뿐이지.

그리고 한 가지 더. 난 네가 조금만 더 거절을 잘 했으면 좋겠어 '행복한 왕자'처럼 자신에게 아무것도 남는 것 없이 애정을 쏟는 것도 아름다운 일이긴 하지만, 좀 안타깝긴 해. 네 꿈을 이루려면 너도 건강하고 충만해야 하니까. 네게 남은 게 없을 때 헤엄을 칠 수 있는 여력조차 없어질 수도 있으니까.

ENFJ 유형이 우리나라에서 드문 유형이라는 거 알고 있니? 넌 외로울 수도 있고, 널 이해하지 못하는 사람 때문에 가끔 슬플 수도 있어. 혹시 그랬다면 지금부터라도 너 자신을 인정하고 더 아껴줬으면 좋겠어. 남들과 비교하지 말고 너 자신을 그대로 보고, 그 모습을 너도 좋아해주길 바란다. 사실 나도 네 독특함과 특별함을 매우 좋아하거든.

영원히 자라지 않는 피터팬
ENFP_엔프피 아이

　집에서 조용히 동생들을 돌보는 소녀 웬디 앞에 한 소년이 날아 들어온다. 그는 요정, 인어, 해적, 시계를 삼킨 악어 등과 함께 '네버랜드'에서 산다. 그곳은 '영원한 아이들'의 섬이다. 그는 모험을 사랑한다. 네버랜드 안에서도 갈고리 손목을 한 악당 후크 선장과 칼싸움하고, 런던까지 찾아와서 웬디에게 네버랜드로 같이 가자고 설득한다. 그의 이름은 피터 팬이다. 수십 년 후, 웬디가 결혼하고 딸을 낳고, 손녀를 볼 때까지도 피터 팬은 여전히 나이를 먹지 않는다. 그는 언제나 소년이다.

　밝은 에너지로 가득하고, 쾌활하며, 감성이 풍부한 아이. 눈

**밝고 쾌활하고
에너지가 넘치는 아이**

물도 많고, 자기감정 표현을 잘하며, 주변 사람들이 뭘 느끼는지 직감적으로 잘 알아채는 아이. 마음 씀씀이가 깊어서 때로는 어른보다 타인의 마음을 더 잘 위로해주는 아이. 그런가 하면 말이 많아서 부모의 정신까지 홀랑 빼먹는 산만한 아이. 이 아이가 바로 ENFP 아이다.

ENFP 아이는 꿈도 많지만, 장난도 잘 친다. 실수도 잦다. '빨간 머리 앤'도 ENFP 유형이다.

앤의 특기는 공상과 상상, 그리고 수다다. 학교에서는 자신을 빨간 머리라며 놀리는 길버트에게 불같이 화를 내고 석판으로 그의 머리를 내리친다. 집에 온 손님의 케이크에 실수로 진통제를 넣기도 한다. 공상에 빠져 길을 걷다가 다리 밑으로 빠질 뻔한 적도 있다. 그런가 하면 같은 마을에서 만난 다이애나와는 '영원한 마음의 친구'를 맹세하면서 남다른 우정을 나누기도 한다. 어려서부터 보육원에서 자랐지만, 앤은 자신의 처지를 비관하는 법이 없다. 항상 긍정적이고 낙관적인 앤의 모습은 함께 사는 마릴라와 매튜까지 행복하게 한다.

장난치는 순간에도 또 다른
상상의 나래가 펼쳐진다

ENFP 아이들은 잠시도 가만히 있지 못하고, 상상의 나래를 잘 펼치며, 정의롭고, 자신의 주관이 확실하다는 면에서 ENTP 아이와 닮았다. 하지만 ENTP 아이와 비교하면, ENFP 아이들은 훨씬 더 주변 사람과의 관계에 집중한다. 이들은 주변의 사랑과 인정, 관심을 먹고 산다. 공상이 많고 4차원적인 면은 INFP, INTP 아이와도 닮았다. 하지만 INFP, INTP 아이들이 자신 세계 안으로 몰입한다면, ENFP 아이들은 자기 상상을 다른 사람들과 나누고 싶어 한다.

앤이 엉뚱한 실수를 하듯이 ENFP 아이들도 상상에 빠져 있다가 어처구니없는 실수를 할 때가 많다. 마릴라는 도덕적이고 확실한 것을 좋아하며 자신의 감정을 잘 밝히지 않는 편인데, 만약 부모가 마릴라와 같은 성향이라면 아이의 잦은 실수에 한숨이 나올 수 있다. 하지만 엉뚱 발랄한 앤에게 실질적인 삶의 기술을 잘 전수해주고, 예의범절을 가르쳐주는 현명한 마릴라처럼, 부모도 아이에게 그런 '캡틴' 역할을 해줄 수 있다.

ENFP 아이가 산만하고 감성이 충만하며 제멋대로인 면이 있지만, 이 아이의 단점은 뒤집어보면 장점이 될 수 있다. 조용한 질서 속에서 항상 하던 대로 똑같은 일상을 영위하던 마릴라와 매튜는 만약 앤을 집에 들이지 않았다면 그렇게 다채로운 인생을 채워나갈 수 있었을까? ENFP 아이의 가장 큰 매력 중 하나는 바로 삶을 바라보는 무지갯빛 시선이다. ENFP 아이와 함께 있으면 그 공간은 냉혹한 현실이 아니라 피터 팬의 네버랜드 같은 공간으로 변신한다. 얌전하고 착실했던 웬디도 피터 팬을 만나지 않았다면, 아마도 평범한 삶만 살다가 생을 마감했을 것이다.

이 아이들은 마음이 매우 따뜻하고 동정심이 많은 아이이기도 하다. 그래서 부모가 이 아이의 습관을 고쳐주겠다고 엄격한 훈육을 하는 순간, 이 아이의 유리성 같은 세상은 와장창 무너진다. 어린 시절 체벌을 통한 훈육을 받았던 ENFP 아이들의 경우, 그 기억이 트라우마에 가깝게 남아 있는 경우가 많다.

아이의 마음속 세상은 누구와도 친구가 되고, 서로의 마음을

말이 많고 산만해서
혼을 쏙 빼놓기도 한다

보듬어주는 평화롭고 조화로운 세상이다. 그래서 부모가 심하게 혼을 내면 아이는 사춘기가 될 무렵이면 매우 반항적인 모습을 보이기도 한다. 자신이 생각하는 세상이 무너진 순간, 아이는 심신의 균형감을 잃는다. 아이는 자유분방하고, 상상력에 제한이 없고, 자기표현을 잘하고, 주변 사람들의 마음을 잘 깨닫기 때문에, 이런 긍정적인 면을 격려해준다면, 오히려 그런 면이 매력적인 요소인 아이로 자라날 수 있다. 일상생활에서는 뭔가 허술해 보일 수 있지만, 그 점마저도 솔직한 매력이 될 수 있다.

감정 표현이 풍부해서
다양한 표정을 가진 아이

이 아이는 예술적 감각도 뛰어난데, 그 이유는 이 유형이 구태의연한 방식을 지루하다고 생각하기 때문이다. ENFP 아이의 상상력은 시대를 앞서간다. 또한, 아이는 타인의 마음을 본능적으로 잘 읽고, 상대방이 뭘 원하는지 직감적으로 깨닫는다. 언어적 능력이 뛰어나서 글을 잘 쓰기도 하고, 내적인 통찰력이 아이의 예술성에 깊이감을 더해준다.

아이가 만약 미술이나 글쓰기에 재능을 보인다면, 저널리스트나 디자이너의 길을 후원해주면 좋다. 튀는 아이디어와 기발한 시선으로 매력적인 그림을 그렸던 살바도르 달리도 ENFP 유형이다. 꿈과 희망의 왕국을 건설한 월트 디즈니 역시 ENFP 유형이다. 월트 디즈니는 춥고 배고픈 무명 시절, 방안에서 들락날락하는 쥐를 보면서 절망에 빠지기는커녕, '미키 마우스'라는 캐릭터를 만들어냈다. 그가 만든 동화 속 세상에는 긍정적이고 유쾌하며 인생을 즐기는 주인공들이 살아 있다. 또한 가수이자 배우인 윌 스미스, 언변과 문학적 능력이 뛰어난 오스카 와일드도 ENFP 유형이다. 상상 속 인물로는 '돈키호테', 디즈니 공주 '에리얼', 애니메이션 주인공인 '루피'와 '세일러문'이 있다.

상상력이 뛰어나서
글쓰기를 좋아한다

이 유형에게는 재미있고 도전적이고 변화가 많은 직업이 적합하다. 대신 꼼꼼하지도, 냉철하지도 못한 면이 있어서, 엄격하고 철저한 마무리가 필요한 직업은 어울리지 않는다.

예를 들어 경찰이나 간수, 엔지니어, 판사, 감독자와 같은 직업을 가지면 지속적인 스트레스를 받을 수 있다. 실험실에 갇혀서 비커만 쳐다보고 노트에 매시간 수치 작성만 해야 한다면 삶이 힘들게 느껴질 것이다. 세계 각국을 돌아다니면서 취재한다든지, 연예인을 하면서 개성적인 매력을 뽐낸다든지, 자신만의 독특한 아이템으로 사업을 한다든지, 상담이나 코칭을 한다든지, 홍보나 마케팅 업무를 하면, 즐겁게 할 수 있고, 남들보다 뛰어난 능력을 발휘할 수 있다.

ENFP 아이를 키우는 부모라면 아이와 꼭 같이해야 할 일이 한 가지 있는데, 그것은 바로 아이와 '삶의 가치'에 대한 이야기를 나누는 일이다. ENFP 아이는 어떤 면에서는 매우 외향적인 INFJ 아이와 닮았다. ENFP 아이는 자신에 대해서 알고 싶은 만큼 다른 사람에 대해서도 알고 싶어 한다. 타인에 대해서 뭔가를 깊이 있게 알아가는 과정, 그 과정을 나누면서, 서로 '통하고' 있다는 감각을 좋아한다.

결국 철없는 피터 팬으로 보였던 ENFP 아이는 사실은 내면적으로 성숙한 아이이기도 하다. 해맑게 웃으면서 장난을 치는 ENFP 아이는 사실 누구보다도 자기 눈앞에 있는 사람을 잘 파악하고 있다. 자기 앞에 있는 사람이 어떤 사람인지 직관적으로 안다. 아이는 직감력이 매우 뛰어나다.

부모와의 관계를 알아보면 ENFP 아이를 좀 더 잘 이해할 수 있다.

NT 기질 부모와 ENFP 아이

ENFP 아이는 '새로움'을 추구하는 아이다. 새로운 방식, 상상력을 자극하는 방식이라면 뭐든 이 아이에게 동기부여가 된다. NT 부모가 잘 아는 새로운 지식이나 방법을 아이에게 전수해 주면 아이에게 도움이 된다.

상상력을 자극하는 방법으로 동기부여한다

또, 아이와 부모가 함께 '미래소망 목록'과 '가치관 목록'을 작성해보면서 순위를 정하도록 해보는 건 어떨까? 아이에게 가장 중요한 일이 뭔지 알아볼 수 있다. 아이는 공부해야만 하는 이유를 진심으로 깨닫게 되는 등, 동기유발이 되면 누가 시키지 않아도 스스로 공부를 시작한다.

그리고 이 아이는 타인에게 보이는 모습에 신경을 많이 쓴다. ENFP 아이는 NT 부모와 다르게, '관계'에 의미 부여를 많이 하는 성향이다. NT 부모는 인간관계에 연연하지 않는 경우가 많아서 아이의 이런 모습을 이해하기 어려울 수도 있다. 아이가 기분이 저조하거나 불안정한 경우가 있을 수도 있다는 점을 이해하고, 아이에게 포옹이나 격려를 해주도록 (NT 성향상 힘들겠지만) 노력해본다.

NF 기질 부모와 ENFP 아이

ENFP 아이는 독창적인 사람을 좋아하고 친구처럼 다정한 코칭 방식을 좋아한다. 그 점은 NF 부모가 가장 자신 있어 하는 부분이다. 부모가 아이에게 그런 코치가 되어주면 좋다.

그리고 아이는 예술가적 기질이 다분한데, 자신이 하고자 하는 일을 체계적으로 수행하는 면이 약한 편이다. 또한 외향적인 면이 강한 ENFP 아이는 생각을 많이 하기보다 일단 말부터 하는 경향이 있다. 내향적인 NF 기질이 가장 잘하는 것은

말하기 전 생각부터
할 수 있는 습관

생각에 빠져드는 일이다. 아이에게 말보다 생각부터 할 수 있
도록 도움을 나눠주도록 하자.

SP 기질 부모와 ENFP 아이

SP 부모와는 달리, ENFP 아이는 세부적인 것들에 초점을
맞추지 않고, 폭넓은 의미에 관심을 가진다. 대신 부모와 통하
는 점도 많다. 우선 솔직하고, 같이 있으면 재미있고, 정을 잘
준다. 또한 뭐든 적극적으로 시도해보려고 한다.

아이가 하고 싶은 일이 생기면 스스로 하도록 하게 해준다.
재미있으면 계속하게 되고, 계속하게 되면 실력이 늘고, 실력
이 늘면 더 잘하고 싶어진다. 사실 이런 선순환 고리는 SP 기질
이 누구보다 잘 이해하고 있다.

에너지 조절할 수 있도록
지켜봐주기

단 에너지 조절은 필요하다. 지나친 열정으로 번아웃에 빠질 수 있으니 부모가 잘 관찰해보자.

SJ 기질 부모와 ENFP 아이

뭐든 미리 재보고 계획하는 SJ 부모와 이 아이는 달라도 너무 다르다. ENFP 아이는 한꺼번에 너무 많은 아이디어를 쏟아내고 나서 선택을 잘하지 못하는 경우가 있다. 그렇다고 엄격하게 자로 잰 듯이 따지면, 아이는 지레 포기하고 도리어 잘하던 것도 못하게 된다.

그리고 책임과 의무 때문에 하고 싶은 일도 못하게 된다면 아이는 숨을 쉴 수 없다고 느낀다. 부모가 할 일은 최소한의 규칙과 규율을 세우고, 급한 일의 순서를 정하도록 아이를 돕는

과제 마감이나 시험일자
체크해서 알려주기

일이다.

아이에게 뭔가를 시킬 때는 '질문식 화법'을 사용하면 좋다. 성적이 떨어졌다면, "성적을 올리려면 어떻게 하면 좋겠니?"라고 아이가 스스로 방법을 이야기하도록 질문을 던진다.

그리고 아이에게 가끔 과제 마감이나 시험 일자를 체크해서 알려주는 것도 부모가 해주면 좋은일이다. 예를 들어, "시험 일주일 전이야." 내지는 "시험 하루 전이야." 등처럼 구체적인 날짜를 확인해 주면 아이에게 도움이 될 것이다.

ENFP_아이_핵심 정리

1. 스파크 팡팡.
2. 자유 산만 + 감성 충만의 정신 없는 조합.
3. 사는 게 즐거운 아이.
4. 비기너(Beginner), 시작하는 사람.

ENFP에게 주는 따뜻한 한마디

'피터 팬 콤플렉스'라는 말 들어봤니? 성인이 되어도 어린 아이처럼 철이 들지 않고, 책임을 지려 하지 않는 어른을 지칭하는 말이라고 해. 피터 팬이 엄마 노릇을 할 수 있는 친구를 찾아서 일부러 웬디의 저택에 찾아왔다고 하지.

피터 팬과 네 이미지가 닮은 면은 분명히 있지만, 네가 무책임하다거나, 의무에 소홀하다는 건 단지 이론에서 나온 얘기일 뿐이라고 말하고 싶어.

넌 어린아이처럼 순수하고 무해할 뿐이야. 네 안에는 아름다운 가치들이 살아서 숨 쉬고 있지. 피터 팬이 아이들을 돌보려고 했고, 아이들을 위험한 후크 선장으로부터 지키려고 했던 것처럼, 네 안에는 타인을 사랑하는 마음이 숨어 있어.

네가 계산적이지 않고, 현실적이지 않아서 참 좋아. 이 세상에는 자신의 이익을 위해서 뭐든 하는 사람들이 얼마나 많이 있니? 악어의 배 속 시계 소리에 쫓겨 다니는 후크 선장처럼, 시간의 노예로 살면서 자신의 마음속도 들여다보지 못하는 어른들도 많이 있잖니.

나는 네가 네 안의 예술성과 자유로움을 잘 살려서 너만의 인생을 만들어냈으면 좋겠어.

너를 보면 흔치 않은 멀티플레이어 같다는 생각이 들기도 해. 한 번에 많은 일들을 추진할 수도 있고, 여러 가지 일들을 연결해 생각하면서 연관 관계를 동시에 파악하기도 하니까.

그래서인지 ENFP 유형 중에 사업가도 많다는 사실을 알고 있니?

네 재능을 잘 살려서 너만의 네버랜드를 만들 수 있기를 바랄게. 마치 낡은 방에서 추위에 떨면서 그림을 그리던 월트 디즈니가 수십 년이 흐른 후에 전 세계에 디즈니 왕국을 건설했듯이 말이야. 다른 사람들에게 마법의 가루가 존재한다는 사실을 보여줬으면 좋겠다. 네 앞에 지금보다 더 아름다운 세상이 펼쳐지길 바랄게.

화려한 비단으로 가득한 실크로드처럼, 네 안에 담긴 색을 모두 담을 수 있는 세상이 오길 바라.

나의 기준은 바로 나, 데미안
INTJ_인티제 아이

헤르만 헤세는 〈데미안〉 서문을 이런 문장으로 시작한다.

"난 진정 내 안에서 솟아 나오려는 것, 그것을 살아보려 했다. 왜 그것이 그토록 어려웠을까?"

자기 안에서 솟아 나오려는 것이 과연 뭘까? '자신만의 목소리'가 아닐까? 싱클레어가 추앙했던 친구, 데미안은 싱클레어의 마음속에 숨어 있던 우주를 발견하도록 돕는다. 그리고 싱클레어는 자기 마음속에 펼쳐진 자신만의 마이크로 코스모스를 발견한다.

고통스럽게 자신의 내면을 찾아가는 싱클레어의 모습이

INFJ 아이와 닮았다면, 그 옆에서 든든한 안내자 역할을 하는 데미안은 여러모로 INTJ 아이와 비슷하다. 데미안이 숙제할 때, 자신만의 문제를 연구하는 학자 같다고 싱클레어는 생각한다. 데미안은 아이들의 놀이에도 끼지 않는다. 선생님을 대할 때도 어른스럽고 단호한 태도를 보여준다. 싱클레어가 묘사한 데미안의 모습은 논리적이고, 지혜롭고, 도전적이고, 총명하고, 비범하며, 자신만만하다.

못하는게 없는
다재다능한 아이

무엇보다 데미안은 좋은 학생이었지만, 누구의 마음에 들려고 애쓰지 않았다. 싱클레어가 친구들 사이에서 어쩔 줄 모르고 방황할 때, 데미안은 어떤 상황에서도 흔들리지 않는 독자적인 사고를 한다. 싱클레어의 눈에 비친 데미안은 자신만의 법칙 아래 살면서 진귀하고 고독하게, 아이들 사이에서 그렇게 '별'처럼 걷는 친구다.

데미안을 닮은 INTJ 아이는 어떤 아이일까? 세상이 당연하게 여기는 법칙을 자신만의 시선으로 관찰하고 해석한다. 자신의 기준, 자신의 가치 체계, 자신의 신념이 무엇인지 알고 싶어 한다.

그래서 INTJ 아이는 유행이나 트렌드에 관심이 없다. 어른들이 시키는 대로 하지도 않는다. 어린아이 같은 반항을 하기 위해서가 아니라, 삶의 의미는 자기 자신만이 판단할 수 있다고 생각하기 때문이다. ISTJ 아이도 애 어른 같고 자기 틀이 확실하지만, INTJ 아이는 어떤 면에서는 훨씬 더 성숙하고 타협이 어렵다. ISTJ 아이는 규칙이나 사회적 윤리를 따르려고 하는데, INTJ 아이는 자신만의 해석을 시도한다.

〈데미안〉의 유명한 문장은 INTJ의 독특한 특징을 잘 보여준다.

"새는 알에서 나오려고 투쟁한다. 알은 세계이다. 태어나려는 자는 한 세계를 파괴해야 한다. 그 새는 신을 향해 날아간다. 그 신의 이름은 아프락사스다."

아프락사스가 누구인가? 선과 악을 동시에 간직한 신이 아닌가? INTJ의 마음속에는 자신만의 가치관이 펼쳐져 있다. 선한 아이는 학교에서 배운 가치대로 살고자 하겠지만, INTJ 아이는 모든 사람이 당연하다고 생각하는 가치에 의문을 제시한다. 많은 사람이 좋아하는 것이 훌륭한 것이라고 믿지 않는다.

그렇다고 해서 INTJ 아이가 말썽을 피우거나, 어른들에게 매번 따지는 것은 아니다. 아이는 모든 사실이 궁금하고, 어른들을 의심의 눈으로 바라본다. 그래도 일상생활에 잘 적응하고, 모범생의 모습을 보여준다. INTJ 아이가 학교에 다닐 때는 기존 틀에 매우 잘 적응하면서 살아간다. 아직은 어리기에, 더 많이 배우고 싶다면 체계 안에서 공부해야만 한다고 생각한다.

INTJ 아이는 남들이 보기엔 부러운 아이다. 과학, 수학, 미술, 음악, 작문에 이르기까지 넓은 지식을 갖고 있다. 단순한 모범생, 우등생이 아니다. 다른 아이들은 학교 공부만으로도 벅찰 때, 이 아이는 어린 교수처럼 호기심 속으로 깊이 파고 들어간다.

아이가 학구적이라고 해서 지식적인 욕구를 채워주는 데만 급급하다면 아이의 장래를 생각해볼 때 그렇게 바람직한 방향은 아니다. 왜냐하면 현실은 소설과는 조금 다를 수 있기 때문이다. 데미안은 누구와도 친밀하게 지내지 않았지만 말없는 카리스마로 다른 친구들의 우상이 된다. 하지만 현실에서 INTJ 아이가 그렇게만 행동한다면 사회에서 외톨이가 되기 쉽다.

부모에게도 아이는 가끔 차갑고 낯설게 느껴질 수 있다. 애초부터 아이들의 놀이를 시시하다고 생각하기 쉬운 INTJ 아이는 인간관계에 대한 열망도 크지 않다.

현실보다 정신세계에 관심이 많다. 당장은 어른스럽고 우수해 보이겠지만, 다른 친구들과의 소통이 적어지면 적어질수록 아이는 독단적으로 클 확률도 높아진다.

그래서 INTJ 아이를 키우는 부모는 아이와 더 많은 시간을 보내고, 아이가 자신과 잘 대화가 통하는 또래 친구를 만나도록 도와주면 좋다. 친한 사람과 좋은 관계로 지내면서 자연스럽게 사회적인 기술을 배우도록 도와줘야 한다.

남들이 보기엔 대단한 아이지만, 부모에게는 상대하기 불편한 아이일 수도 있다. 특히 부모가 외향적이고 감정적인 유형이라면, 지나치게 개인주의적이라서 이해하기 어렵다는 생각을 한다.

그렇다고 아이의 손을 잡고 많은 사람으로 붐비는 장소, 인기인 친구들이 모여 있는 무리 속에 두는 것은 바람직하지 않다. 친구를 사귀게 하고 싶다면 취미나 취향이 비슷한 소수의 친구를 사귀도록 유도하는 게 좋다.

붐비고 번잡한 장소에 데려가면 아이는 에너지를 소진하고 진이 빠질 수 있다. 또한 무리하게 감정적 공감 표현을 요구하면 아이는 가족을 피하려고 할 것이다. 아이와 즐겁게 지내고, 친한 친구를 만나도록 돕는 일, 이것만으로도 충분하다. 아이는 가족과 잘 지낼 수 있을 때 친구와도 진실한 관계를 맺을 수 있다.

친구와의 사이에서 깊은 공감을 경험한다면 그 경험으로 사

억지로 많은 친구를
사귀게 할 필요는 없다

회에서 다양한 감정을 표현할 수 있게 될 것이다.

INTJ 아이와 모든 글자가 반대인 아이는 ESFP 아이다.

이 아이는 그리스 신화에서 '비너스'와 유사하다. 비너스는 사랑의 신이고, 자신의 감정 표현에 자유롭고 행동도 즉흥적이며 유흥을 즐긴다. 인생에 대해 긍정적이고 낙천적인 면이 강하다. 이 아이에게 심각한 일이란 없고, 누구에게나 마음을 쉽게 연다.

반면 INTJ 아이는 생각이 많은데 실천은 약하고, 말 한마디를 하기 전에도 심사숙고한다. 아이에게는 사람보다 책이 훨씬 편하다.

INTJ 아이는 쉽게 남들과 가까워지지는 않지만, 계산적인 편도 아니다. 차갑게 보일 수는 있어도 이기적이지는 않다. 데미안이 싱클레어를 정신적으로 도와주었듯이, INTJ 아이도 자신이 좋아하는 친구에게만은 사력을 다한다. 친해지는 문턱이 높긴 하지만, 일단 친해지고 나면 아이는 상대방에게 매우 충

말 한마디를 할 때도 신중하다

사람보다는 책과 있을 때 편안하다

실하고 신뢰를 지킨다.

INTJ 유형의 유명인은 철학자 니체, 마르크스, 헤겔 및 페이스북 창업자 마크 저커버그, 경영인 일론 머스크, 전기공학자 니콜라 테슬라, 영화감독 제임스 캐머런과 프란시스 포드 코폴라 감독 등이 있다. 대부분 창의적이고 전략적이며 지적인 유형들이다. 가상 인물로는 '배트맨', 겨울왕국의 '엘사', 해리포터의 '스네이프 교수', '장 발장' 등이 있다. 외롭지만, 세상을 신경 쓰지 않고 자기 길을 가는 캐릭터들이 대부분이다.

이론적인 두뇌가 뛰어난 유형이고 상상력도 발달했기 때문

친해지기 어렵지만
친해진 친구에게는
매우 충실하다

에, 반복적인 업무를 지속하면 지루함을 느끼기 쉽다. INTJ 유형의 장점인 직관력을 발휘할 수 있는 직업군에 종사하면 좋다. 철학자, 과학자, 기술의 창조나 응용과 관련된 직업, 경제학자, 기획자, 디자이너, 발명가, 영화감독 등이 잘 어울리는 직업군에 속한다. 오락 진행자나 판매직, 전화응대 업무를 맡으면 진이 빠지기 쉽다. 자신이 자신의 시간을 관리할 수 있는 독립적인 직업군이 잘 맞는다.

부모와의 관계를 알아보면 INTJ 아이를 좀 더 잘 이해할 수 있다.

NT 기질 부모와 INTJ 아이

아이는 말을 시작하면서부터 부모에게 질문을 던지기 시작한다. 궁금한 게 많은 아이이기 때문이다. 이미 다양한 지식을 축적하고 있는 NT 부모로서는 정답을 던져주고 싶겠지만, 정해진 답을 알려주는 대신 아이와 함께 답을 찾아가는 과정을 즐기도록 해본다. INTJ 아이는 남들이 말해주는 정답보다 자신이 스스로 정답을 찾고 싶어 하는 아이기 때문이다.

그리고 아이는 다른 유형보다 자신이 정한 성취 기준이 높은 편이다. 실제로도 뭐든 잘하는데, 그만큼 실수에 대한 두려움을 간직하고 있는 경우가 많다. 아이가 모르는 일이 있거나 실수하더라도 은근슬쩍 지나가도록 한다. 너그럽게 아이의 자존심을 지켜준다.

함께 영화를 보고 얘기를 나누자

아이와 시간을 보낼 때는 함께 보드게임을 하거나 다큐멘터리, 혹은 자기 성찰적인 영화를 보는 것도 좋다. 공상 과학 영화나 추리물을 함께 보고 영화에 대한 이야기를 나눠보는 것도 좋은 방법이다.

NF 기질 부모와 INTJ 아이

아이와의 정서적 교감을 위해서 미술 활동, 음악 감상 등을 즐기는 것도 좋고, 반려동물을 함께 키워가는 것도 시도해볼

만하다. 개나 고양이가 아니라 달팽이나 작은 햄스터부터 시작해보는 것도 괜찮다.

단지 주의할 점은 두 기질 모두 현실적으로 뭔가를 잘 챙기는 편이 아니기 때문에, 반려동물에게 책임감을 느끼고 그들이 쾌적한 환경에서 지내도록 신경 써서 관리해줘야 한다는 것이다.

부모는 에세이나 문학작품을 좋아하는 편인데, 부모가 추천하는 세계 명작을 아이와 함께 읽어봐도 좋다. 전시회나 공연 등, 문화 체험을 함께하는 것도 아이에게 큰 도움이 된다.

한적한 작은 전시회 같은 사적 체험을 함께 하자

이때도 가능하면 유명한 전시를 찾아다니기보다는 한적한 골목길을 걸어 다니면서 작은 전시회장을 방문하는 등, 사적인 체험을 즐기도록 한다. 둘 다 개성적이고, 남들보다 독특한 체험을 즐기는 편이므로 잘 맞는다.

SP 기질 부모와 INTJ 아이

SP 기질 부모와 INTJ 아이의 가장 큰 차이점은 깊이 있는 학습에 대한 욕구 차이다. 부모로서는 아이가 책만 읽거나 질문이 많은 점을 온전히 이해하기가 어렵다. 반면에 아이가 보기에 부모는 외적인 체험에 시간과 지나친 애정을 투자하는 것으로 보인다.

혼자만의 학습 시간을
보낼 수 있도록 해주자

아이가 혼자만의 학습 시간을 보낼 수 있도록 배려해주는 것만으로도 아이에게 도움이 된다. 조용한 사색 시간을 보장해주자. 아이도, 부모도 서로에게 간섭하거나 강요하지 않는 스타일이라서 각자의 시간을 자신의 방식대로 보내면 좋다. 중간에 아이에게 할 말이 있다면 짧게 전달한다.

SJ 기질 부모와 INTJ 아이

SJ 부모는 아이의 안전 기지 역할을 가장 잘해줄 수 있다. 보살핌과 관리에 능숙한 기질이 바로 SJ 기질이기 때문이다.

단지 안정적인 생활에 대한 욕구가 크고 미래에 대한 불안감이 항상 잔존하는 SJ 기질이 보기에 INTJ 아이는 크게 뭔가를 소유하고 싶어 하지도 않고 물욕도 없는 편이다. 아이가 현실적이지 못하다는 점을 이해하고 아이를 대하면 좋다.

아이에게 뭔가를 시킬 때는 명령조로 말하기보다는 "엄마 좀 도와줄래?"라고 도움을 요청하는 편이 좋다. 또한 가족이나 친척 모임이 있을 때 아이를 지나치게 앞에 세우고 아이의 성적 등 성과를 자랑하지 않도록 한다. 사교 생활을 좋아하지 않는 아이에게 관심이 쏠리는 상황을 만들고, 모임의 주도적 역할을 담당하게 하는 건 적절하지 않다. 아이의 성향을 배려해주면 아이는 부모에게 고마운 마음을 가질 것이다.

가장 경계해야 할 것은 냉정하다거나 무심하다는 식으로 아이를 비난하는 일이다. 아무리 INTJ 아이라고 할지라도, 어릴 때는 자기 자신에 대한 개념이 확실하게 잡혀 있지 않은 경우가 많다. 그럴 때 부모나 가족들이 아이에게 친밀한 애정을 표현하지 않는다고 지적하고 훈계만 하면, 아이의 정체성이 흔들린다. 자존감을 내면에 쌓지 못한 아이는 자라서 더 논리나 효율만 따지게 되고, 공격적인 면이 커질 수 있다.

아이와 가족이 서로의 성향을 이해하는 관계 속에서 자라난 다면 아이는 성인이 되어 점차 감정적인 부분이 발달하게 되고, 사회적인 관계를 무난하게 수행할 수 있게 된다. 사람들과 어울리는 일이 피곤하거나 힘든 일만은 아니라는 사실을 알게 된다.

친척모임에서
관심이 쏠리면
아이는 불편해한다

INTJ_아이_핵심 정리 ━━━━━━━━━━━━━━━━━━━━━●

1. 넓은 시야와 통찰력을 가진 아이.
2. 16가지 유형 중에서 가장 독립적인 성향.
3. 자기 신뢰가 강한 아이.
4. 이론 세계에서는 제왕인데 현실 생활에서는 은근히 구멍이 많다.

INTJ에게 주는 따뜻한 한마디

　빅터 프랭클 박사의 〈죽음의 수용소〉라는 책을 읽어본 적이 있니? 박사의 의지력과 정신력, 세상을 보는 넓은 시야를 보면 네가 떠올라. 박사는 이런 구절을 남겼지.

　'자극과 반응 사이에 공간이 있다. 그리고 그 공간에서의 선택이 우리 삶의 질을 결정한다.'

　그는 사람들이 습관(관습)에 매몰되지 않고 스스로 선택하는 삶을 살기를 바라면서 이런 구절을 남겼다고 생각해. 사람들은 종종 아무 생각 없이 세상의 흐름대로 살 때가 있잖아? 빅터 프랭클이 자신이 처한 상황에서 공포에 질리기만 했다면 그 역시 그의 가족들처럼 나치 강제 수용소에서 생을 마감했을지도 몰라. 그는 수용소에서 생활하면서 두 종류의 사람들이 있다는 사실을 발견했어. 상황 안에서 무절제하고 무질서한 삶을 사는 사람과, 기품을 잃지 않는 사람. 그 선택은 자신이 하는 것이라는 것도 알게 되었지.

네게서 가장 멋지다고 생각하는 면 중의 하나는 세상에 대한 너의 자율적인 태도와 세상을 바라보는 냉소적인 시선이야. 과장하거나 흥분하지 않고 차분하게 핵심을 꿰뚫는 능력이 있지. 너는 '자율적인 인간'의 표본 같기도 해. 쉽게 좌절하지 않는 면도 있어 '난 안 되나 봐. 실패야.'라고 절망하지 않지. 현실을 냉철하게 분석하고 다시 잘해볼 수 있도록 판을 짜는 침착함과 냉정함을 지니고 있어. '자, 다시 한번 해보자. 지금은 아쉽지만 괜찮아.'라고 생각하는 면이 있어.

넌 남들과 참 달라 보여. 마치 대부분의 사람이 누군가의 실에 묶여서 마리오네트처럼 손과 발을 움직이는 상황에서 너만은 무대 밖에서 그 공연 과정을 보고 있다는 느낌이랄까. 네가 어른이 되고 누군가의 부모가 되더라도 너는 객관적이고 상대주의를 인정하는 사람일 거로 생각해. 네가 더 많은 공부를 하고, 더 깊이 생각할수록 너는 가장 바람직한 의미의 개인주의를 보여줄 수 있는 사람이 될 거야.

그래도 혼자 모든 것을 짊어지고 해결하려고 하지는 않았으면 좋겠다. 네 고민이나 어려움을 듣고 같이 현실적인 해결책을 고민해볼 수 있는 친구가 분명히 옆에 있을 거야. 네가 가끔 인간관계에 버거움을 느끼기에 개인 영역을 더 지키려는 걸 알아. 복잡한 관계에서 벗어나서 혼자만의 공간에서 지친 심신을 달래는 건 너만의 힐링법이야. 하지만 그렇기에 더, 힘든 건 힘들다고 얘기하면 좋겠어. 때로는 허심탄회한 대화를 나눌 수 있는 누군가를 만나길 바라. 대화로 마음의 무게를 덜 수 있을 거로 생각해. 자신의 일부분을 포기하거나 어떤 부분이 사라지는 게 아니라, 스스로가 더 보강되고 든든해지는 경험을 해보면 좋겠다.

　네 매력을 앞으로도 계속 간직하길 바랄게. 스스로에 대해 자부심을 가져도 좋아. 너의 열정적인 학구열에 격려를 보낸다. 너는 특별해.

호기심 많은 셜록 홈스
INTP_인팁 아이

어른 못지않은 전문가적인 식견을 보여주는 아이는 어떤 유형일까?

자기 주도 학습의 최강자, 친구와 노는 것보다 문제 증명이 좋은 아이, 틀에 박힌 공부는 거부하는 아이, 누구의 도움도 받지 않고 자신만의 방식으로 문제를 해결하는 천재 같은 괴짜, 바로 INTP 유형이다.

INTP 아이는 밥을 먹거나 옷을 잘 차려입는 것도 잊고, 자신이 좋아하는 일에 몰두한다. 생각의 늪에 빠지면 일상생활은 더 이상 이들의 관심사가 아니다. 좋아하는 책과 퍼즐, 장난감으로 주변을 가득 채운 채 혼자만의 세계로 빠진다. 이들은 남들이 증명하지 못하는 어려운 문제를 풀고, 이론적으로 자신이 옳다는 것을 증명하고 싶어 한다.

심지어는 언어 능력이 유달리 남들보다 뛰어난 경우도 많다. 말을 할 때 단어 선택에 신중하고, 앞뒤가 딱딱 들어맞는 문장을 구사한다. 스스로도 은근 천재 부심이 있다. 그래서 어린아이면서도 냉철해 보이고, 때로는 지식적으로 잘난 척하는 것처럼 보일 때도 있다. 다른 사람의 감정에 관심이 없어서 종종 퉁명스럽거나 무신경해 보이기도 한다.

자기만의 세계에서 노는 것을 좋아하는 아이

이 아이는 '셜록 홈스'와 닮았다. 영국 드라마 속 셜록을 보면 기인에 가까울 정도로 자기 본위의 생활방식을 고수한다. 놀라운 추리력과 분석력을 가지고 있어서 사건의 진실을 밝히는 면에서는 정교한 '두뇌 가동력'을 자랑한다. 반대로, 인간관계에 대한 관심은 보통 사람보다 낮다. 사교 생활에 대한 욕구도 거의 없다. 이 세상의 궁금증을 자기 손으로 해결하고자 하는 욕구는 불타오르는데, 타인의 감정은 살피지 못한다. INTP 아이도 박학다식한 지식과 논리적인 말솜씨를 지녔다. 하지만 일상생활을 어떻게 남들보다 잘 할 수 있을지에 대한 관심은 별로 없어서 얼핏 보면 괴짜처럼 보일 때도 있다.

INTP 유형의 아이는 현실 세계보다 상상 세계가 훨씬 더 재미있다고 느낀다. 이 세상의 구조와 작동 방식을 자기 머리로 해석하려고 한다. 현미경을 들여다보듯이 세상의 사물을 끊임없이 분석하려고 한다. 생각이 꼬리에 꼬리를 물고 머릿속에서는 생각들이 꼬리잡기 놀이를 한다. 밖에서 뛰어노는 것보다 이런 과정이 훨씬 즐겁다.

현실 세계보다는 생각하고
상상하는 것을 재미있다

부모는 INTP 아이가 걱정스러울 수도 있다. 또래 친구들과 노는 방법이 다르고, 주변은 난장판으로 어질러놓고 치우려 하지도 않는다. 심지어는 엄마가 불러도 듣지 못하고 대답하지 않는 경우도 허다하다.

또래 아이들과 관심사가
좀 다르다

게다가 남의 주장에 오류가 있다고 생각하면 상대가 어른이라도 가차 없이 반기를 들고 결함을 지적하려고 한다. 부모가 아이의 논리에 밀리는 것 같아서 화가 날 때도 있다. 아이의 질문에 대답하기 힘들 경우도 많아서 '얘는 대체 왜 이런 이상한 생각을 하는 건데?'라고 귀찮고 짜증이 날 때도 많다. 성과를 중요하게 생각하는 감각형(S) 유형 부모가 INTP 아이를 보면 '대체 왜 시험에도 안 나오는 공부를 하는 건데?'라고 불만을 가질 수도 있다. 실제로 INTP 아이는 아는 것은 많아도 시험 집중적인 공부를 하는 게 아니라 자신이 궁금한 것 위주로 지식 탐구하듯 공부하기 때문에, 학교 성적과 지식이 바로 연결되지 않는다.

감정(F)이 발달한 부모 입장에서 보면 INTP 아이는 매정하게 느껴질 수도 있다. 부모는 감정적으로 아이를 감싸 안아 주려고 하고, 이런저런 이야기를 같이 나누고 싶어 하는데, 아이는 엄마에게 안겨 있으려고 하지도 않고, 잡담에는 관심도 없다. 특히 이 아이는 감정과 생각을 구분하는 편이라서 직언 직설을 서슴없이 하고, 오히려 부모가 당황하는 경우도 많다.

부모가 생각하는 평균적인 아이의 모습과 INTP 아이의 모습이 많이 다를 수 있겠지만, 단점으로 보이는 부분들이 사실은 장점일 수도 있다. 자신의 지식의 한계에 도전하려는 INTP 아이의 모습은 정직하고, 건강하다.

잘 보면 이 아이만큼 순수하고 열정적인 유형도 없다. 인간관계에 매달리지 않고 눈치 보지 않는다. 남들에게 잘 보이려고 애쓰지 않는다. 감정적으로 정직하다. 친구 관계에서도 정치적이지 않다. 자신이 좋아하는 일을 할 때면 누구보다 뜨거운 애정을 바친다. INTP 아이는 따뜻하게 불타오르는 난로처럼 자신을 순도의 열로 불태운다.

좋아하는 일을 할 때는
누구보다 열정적이다

INTP 아이는 전체 MBTI 유형 중에서 사고와 언어에서 가장 정밀한 유형이다. 모든 유형 중에서 가장 이론적이다. 그만큼 지적으로 뛰어난 유형이다. 결과적으로는 어른이 되었을 때 누구보다도 뛰어난 전문가로 성장하는 경우가 많다. 고도의 기술 공학이나, 첨단 과학, IT 산업, 음악, 연기나 저술, 물리학 분야에서 최고의 전문가로 찬사를 받으면서 정상에 오르는 INTP 유형이 많다. 아인슈타인도 어린 시절에는 학교생활에 잘 적응하지 못했지만, 물리학 분야에서 뛰어난 위인이 되었다. 어릴 적 부모에게 반항하던 골칫덩이 빌 게이츠도 굴지의 IT 재벌이 되었다.

엉뚱하고 대답하기 함든
질문들을 많이하는 아이

책이며, 인터넷이며, 유튜브를 검색하는 모습을 보면서 저렇게까지 해야 하나 싶어서 걱정스럽겠지만 이들은 자신의 욕구와 기질에 충실한 것이다. INTP 유형의 지식탐구욕은 누구에게도 없는 장점이다. 부모가 할 일은 아이의 지적인 호기심을 조절해주는 게 아니라, 더 깊은 탐구를 할 수 있도록 제반 여건을 마련해주는 것이다. 사실 일반 학원이나 TV 교양 다큐멘터리 프로그램 정도는 이들에게는 너무나 평범한 지식을 습득하는 도구다.

INTP 아이는 겉보기에는 독립성이 뛰어난 천재고, 내부는 자신이 관심 있는 분야에서만은 최고의 열정을 보여주는 전문가다. 한 가지 좋은 소식은 INTP 아이는 스무 살이 넘어가면서 점차 현실감각을 찾는 일이 많다는 점이다. 그래서 때로는 '네가 INTP 유형이었다고?'라며 주변을 깜짝 놀라게 하는 일도 생긴다. 이들은 매우 스마트하기 때문에 자신이 필요성을 자각하기만 한다면 사회에 맞춰 적절한 모습을 내보이는 것도 가능하다. 친근하고 사교적으로까지 보일 때도 있다. 혹시 논쟁을 좋아하고 논리적 허점을 잘 지적하는 아이의 모습에 걱정하는 부모가 있더라도, 아이의 변화를 믿고 기다리면 좋을 것이다.

INTP 아이와 부모의 MBTI 유형을 비교하면 아이에 대해서 좀 더 잘 이해할 수 있다.

NT 기질 부모와 INTP 아이

INTP 아이들은 NT 기질답게 실력이 뛰어난 사람을 존경한다. 자신이 잘 모르는 세계를 명확하게 알려줄 수 있고, 새로운 세상을 보여줄 수 있는 능력 있는 사람이 이들의 사랑을 받는다.

NT 기질은 원래 추상적인 개념 설정을 잘하고 이론이나 사물의 작동 원리에 관심이 많다. 그리고 독립성이 강한 편이라서 자신이 하고 싶은 일에 몰두하고, 뭐든 스스로 알아서 잘하는 편이다. 그런 면에서 INTP 유형과 NT 기질 부모는 상호 간에 큰 갈등이 없이 잘 어울릴 수 있다.

다른 감각형(S) 부모들이 아이와 소풍을 가고, 꽃을 가꾸고, 경제 관념을 교육하고, 운동을 가르치는 동안 NT형 부모와 INTP 아이는 함께 책을 읽고, 서로의 지식을 풀어헤친다. 궁금한 점을 같이 찾아보고, 서로의 오류에 관해 이야기를 나눌 수 있다. 단지 자신이 아는 것에 대한 자부심도 강하고 논리력에 자신감이 넘치는 만큼, 서로의 논리력이 부딪치는 경우에는 팽팽한 공방전이 벌어질 수 있다.

함께 책을 읽고 궁금한 점을
같이 찾아보고 토론해보자

NT 기질 부모는 아이에게 무언가를 강요하거나 권위를 행사하는 편이 아니라서 INTP 아이와도 잘 맞는다. 가능하면 지식을 나누는 친구 같은 느낌으로 INTP 아이를 대하면 아이의 발전에도 도움이 될 것이다. 특히 INTJ 유형이나 ENTJ 유형은 자식 교육에 있어서 자기만의 방식이 확고한 편인데, 같은 INTP 유형이나 ENTP 유형은 훨씬 유연하고 너그러운 편이라서, INTP 유형 아이와 갈등이 더 적은 편이다.

NF 기질 부모와 INTP 아이

부모와 아이 모두 직관형(N)이라서 창의적이고 상상력이 풍부하다. 내면에서 뭔가를 생각하고 생각을 굴리는 일에 대해서라면 NF 기질이나 NT 기질은 능숙하다. 그래서 둘이 부모와 자식으로 만난다면, 남들이 하지 못하는 이상하고 괴이한 생각을 서로 내뱉으면서 깔깔거리고 웃을 수도 있다.

게다가 NF 기질은 다른 기질에 비해 공감력이 강하고, 촉매자 역할을 할 때가 많아서 INTP 유형을 믿고 지원해주는 편이다. INTP 유형으로서는 자신을 가장 잘 이해하고 지지해주는 친구를 만난 셈이다.

INTP 유형의 까칠함과 건조함도 NF 기질 부모와 시간을 보내면서 더 부드러워질 수 있다. 아이는 부모의 생활 습관과 태

창의적이고 풍부한
상상력을 바탕으로 대화만으로
유쾌한 시간들을 보낼 수 있다

도를 통해서 거울처럼 배우는 면이 많기 때문이다. 주의할 점
은 NF 기질이 비난이나 비판에 상처를 잘 받는 만큼, INTP 아
이의 비판적인 발언이나 논쟁적인 발언에 대한 정의를 다시 내
릴 필요가 있다는 점이다. INTP 유형에게 논쟁은 싸움이 아니
다. 이들은 논쟁이나 토의가 이해를 위한 탐색 과정이라고 생
각한다. NF 기질 부모는 INTP 아이가 하는 말이나 행동을 감
정적으로 받아들이지 않도록 노력하면 좋다.

INTP 유형은 어른이 되어도 여전히 자신만의 세계에 몰두
하는 독특한 모습을 보여준다. '번뜩이는' 두뇌의 소유자에, 비
밀스럽고 은둔자 같으면서도 회의적이고 쿨해서 그 점이 매력
적으로 보일 때도 많다. 세상사에 무심해서 4차원다운 면을 보
이기도 하는데, 어쩔 때는 같이 있으면 즐겁고 재미있는 사람
이기도 하다. 공상에 잘 빠지고, 정리도 잘하지 못하는데, 실생
활에 서툰 면이 도리어 친근해 보여서, 그런 '괴짜 과학자' 같은
면이 신비로워 보이기도 한다. INTP 아이가 성인이 되었을 때

이런 개성적인 모습을 보고 NF 부모는 아이를 더 사랑스럽게 느낄 수 있다.

SP 기질 부모와 INTP 아이

SP 기질 부모는 현실에서 최대한 즉각적인 즐거움을 누리려는 유형이니만큼, INTP 유형의 학습 스타일을 이해하기가 쉽지 않다. 나이를 먹어도 학문 자체에 몰두하는 INTP 유형을 보면 "대체 언제 돈을 벌래?"라고 한탄할 수도 있다.

아이의 전문가적인 면을
존중해주고 인정해주자

하지만 SP 기질은 형식을 따지지 않고, 유쾌하며, 간섭을 잘 안 하는 편이다. 그런 유유자적하고 협상가적인 면이 INTP 유형의 독립적인 면을 건드리지 않아서 둘 사이가 평화로울 수 있다. INTP 아이의 전문가적인 면을 존중해주고, 유별난 지식

사랑을 인정해주기만 한다면 아이와 부모의 사이는 순조롭게 흘러갈 것이다.

SJ 기질 부모와 INTP 아이

SJ 기질은 집단에 소속된 상태를 편안해하고, 질서나 규칙에 따라 움직이려고 하는 경향이 있다. 가장 전통적이고 상식적인 부모 스타일이다. 그런 만큼, 변화나 혁신을 반기지 않는 면이 있고 위계관계도 확실히 하려고 한다. 그런데 이런 면이 강해질 때 INTP 아이와 부딪치는 면이 많아진다.

INTP 아이는 자신만의 주관과 사고력을 갖고 어른을 평가한다. 예를 들어 타당하지 않은 이유로 야단을 치거나, 강압적인 지시를 내리는 어른들을 만나면 대놓고 대들지는 않지만, 마음속으로 그에 대한 존경심을 잃는다. 무조건 어른을 공경해야 한다고 생각하지 않는다. 자신이 존경할 만한 사람을 스스로 판단한다.

SJ 기질은 사회적인 지위나 권위에 대한 존경심을 갖고 있다. 하지만 INTP 아이는 사회적인 타이틀에 연연하지 않는다. 권위를 내세운 독단적인 발언이나 강요하는 행동을 하면 혐오

한다. 대학교수나 연구원 등, 직업적 타이틀보다는 실력을 먼저 보고, 실력이 없는 부분에 대해 가차없이 평가한다. SJ 부모는 아이의 이런 면이 유별나다거나 예의가 없다고 볼 위험이 있다. 그러다 보면 둘 사이에 갈등이 커지고, INTP 아이는 부모와 대화를 안 하려고 할 수도 있다.

INTP 아이를 키우는 부모로서는 아이에게 자질구레한 잔소리를 하는 게 별로 효과가 없는 경우가 많다. 혹시라도 아이가 잘못을 했더라도, 혼을 내거나 앞으로 해야 할 일을 리스트로 만들어 읊어대는 일은 무의미하다. 독립적인 아이이기 때문에, 아이에게 시간을 주고, 스스로 생각하고 판단할 기회를 주는 것이 현명한 방법이다.

할 일을 리스트로 만들어
읊어대는 일은 무의미하다

특히 모든 NT 기질을 포함해서 INTP 아이는 폭력적이고 강압적인 훈육 방법을 경멸한다. 이런 행위를 실력과 능력이 없는 어른들의 '최하위 교육 수단'이라고 생각하고 있다. 모든 아이늘에게 폭력적인 훈육은 하지 말아야 하지만, 특히 NT 아이들에겐 이런 훈육 방법을 절대 하지 않도록 주의해야 한다.

마지막으로 아이의 특성을 이해하고 개인적인 시간을 충분히 주고 간섭하지 않도록 한다. INTP 아이는 혼자서 충분히 사고를 정리할 시간이 없을 때 스트레스가 심해지고 예민해진다. 혼자만의 시간이 꼭 필요하다.

INTP_아이_핵심 정리

1. 지적 호기심이 많은 탐구자, 아인슈타인 스타일.
2. 잘하는 분야에서 독보적이다.
3. 틀린 부분은 넘어가지 못한다.
4. 명석함과 무심함 사이, 사교 생활에 관심이 없다.
5. 모든 유형 중에서 가장 내향성이 강하다.

INTP에게 주는 따뜻한 한마디

　넌 남들처럼 활발하거나 리더십을 보여주지는 않겠지만, 조용해 보이는 내면에는 사자 한 마리가 있는 것 같아. 그 정도로 네 내면은 강하고 견고해. 사자가 으르렁댈 때면 누구보다 힘찬 목소리를 내지.

　너는 세 개의 눈으로 세상을 읽는 눈이 남들보다 뛰어나. 그렇지만 세속적인 면에는 관심이 없는 사람이기도 해. 사자처럼 내면에서 갈기를 멋지게 세우고 있지만, 밖으로 자신을 드러내려고 하지는 않지. 내면에서 사자를 키우고, 갈기를 빗겨주고, 으르렁대는 멋진 목소리를 들으면서 자유롭게 초원을 뛰어다니는 것 같아. 어른들이 네 안의 사자를 보지 못하고, 가끔 듣는 포효 소리에 겁을 먹고 두려운 눈으로 널 보기도 해. 날카로운 이빨과 발톱도 어떻게 사용하느냐에 따라 달라지지. 네 전체를 보지 못하고 발톱이나 이빨만 보고 두려워하는 어른들이 안타까울 때도 있어.

하지만 너 역시도 좀 더 자신을 투명하게 보여주고 자신의 사랑스러운 사자도 남들에게 보여줬으면 해. 그럴 때 사람들이 너와 함께 네 반려동물의 갈기를 같이 빗겨주고 사자에게 맛있는 간식을 줄 수도 있으니 말이야. 네 세계를 같이 나눌 사람들이 더 많아졌으면 좋겠다.

너는 네 갈 길을 스스로 정하는 사람인 것 같다. 그리고 네가 잘 할 수 있는 분야는 남들보다 전문적이고 개성적인 분야이기도 해. 꼭 학문이 아니더라도, 네가 무엇이든 관심을 가진 분야가 있다면, 넌 잘 해낼 거야. 왜냐하면 너는 좋아하는 일에 애정을 듬뿍 바치는 유형이니까 말이야.

세상에는 수많은 사람이 있고, 이 사람들의 상호 관계로 많은 일들이 이루어져. 그런 만큼 앞으로 살아나가면서 다양한 사람들의 욕구와 선호를 잊지 않고 살아갔으면 해. 사람에게 크게 의지하지 않는 너지만, 일생을 살아가려면 사람과 지속해서 관계를 유지할 수밖에 없으니까.

너처럼 솔직하고 소탈한 사람을 알게 되어 기뻐. 사실 너만큼 순수하고 어린아이처럼 천진난만한 사람도 없는 것 같아. 너라면 믿고 좋은 친구가 될 수 있을 것 같아.

장화 신은 재간꾼 고양이
ENTP_엔팁 **아이**

마당발에 머리도 좋은데, 재기가 넘치는 아이는 어떤 아이일
까?

조용히 자기 할 일을 하기보다는 나서야 할 때를 아는 아이,
시키는 대로 하지 않고 자기주장을 펼치는 아이, 말재주도 좋
고 판단력도 뛰어난 아이, 바로 ENTP 유형 아이다.

ENTP 아이는 자기 자부심이 강하다. 어린아이라도 자기 판
단에 확신이 있다. 자기 생각을 논리적으로 잘 이야기한다. 눈
앞의 상황을 순식간에 파악하고 흐름을 잘 읽는다. 아이가 어
떻게 그런 게 가능하냐고 하겠지만, ENTP 아이는 그렇다.

자부심이 강한 아이

그렇다고 해서 ENTP 아이가 어른스럽거나 진지하기만 하다는 말은 아니다. 이 아이는 장화 신은 고양이처럼 재치 있고 유쾌하고 재미있다. 신나는 아이디어도 많이 생각해낸다. 겉으로 보기엔 '자뻑'도 있고, 장난도 좋아하고, 산만해 보이고, 실수도 잦아서, '이 아이가 그렇게 똑똑하다고?'라는 의문을 가질 수도 있다. 그렇지만 사실 이 아이는 똑똑하다.

INTP 아이가 셜록 홈스처럼 안락의자에 앉아 추리에 몰두하는 스타일이라면, ENTP 아이는 괴도 뤼팽처럼 이곳 저곳을 탐험하고 돌아다닌다. ENTP 아이는 많은 친구를 만나며, 궁금한 것도 많다. ENTP 아이는 NT 기질 아이들 중에서 특히 유쾌하고, 돌발적이며, 자유로운 영혼이다.

그래도 이 아이는 INTP 아이와 많이 닮았다. INTP 아이처럼, 이 아이도 현실 세계보다 상상 세계가 훨씬 더 재미있다고 생각한다. 얼핏 보면 아이는 ESTP 아이처럼 행동이 앞서 보일 수가 있다. 그런데 겉보기에는 비슷해 보여도, 근본은 ESTP 아이와는 전혀 다르다. ESTP 아이가 현실적인 삶에서 재미와 실속을 둘 다 잡고 싶어 하는 재주꾼이라면, ENTP 아이는 자신의 상상을 현실에서 실현하고 싶은 발명가적인 면을 갖고 있다. 자신의 머릿속에 가득한 아이디어를 남들 앞에서 실현해 보이고 싶어 한다. 그래서 ENTP 아이의 내면은 아이디어 뱅크이며, 외면은 모험가다.

애니메이션 〈장화 신은 고양이〉를 보면, 고양이는 세상의 시선을 두려워하지 않고, 자신이 생각하는 정의를 향해 돌진한다. 동화 〈장화 신은 고양이〉에 나오는 고양이도 현실에 굴복하지 않고 기발한 아이디어로 주인을 도와준다. 순간적인 재치와 대담한 행동력은 놀라울 정도다. ENTP 아이도 정의롭고 솔직하며 가식이 없다. 어려운 상황에서도 인생에 순응하지 않고 자신의 자부심을 지켜간다. ENTP 유형은 가장 겉과 속의 차이가 없는 유형이라는 말도 있다.

겉과 속이 같은
솔직한 아이

ENTP 아이는 정의로워 보이지 않지만, 정의롭다. 가벼워 보이지만, 신뢰를 지킨다. 착해 보이지 않지만, 착하다. 또한 사교적으로 보이지만, 사실은 개인주의적이나. 그리고 일상생활에서는 산만하지만, 좋아하는 일에는 집중력 있게 몰두한다.

좋아하는 일에 집중력이 강하다는 말은 좋아하지 않는 일에는 관심이 없다는 의미와도 통한다. 그래서 이 아이는 학교 공부를 할 때 과목별 편차가 심할 수 있다. 남들이 일주일간 공부해야 좋은 성적을 낼 수 있는 과목도 놀라운 집중력으로 하룻밤 만에 만점을 받기도 한다. 반면에 지루함과 대결하는 과목에서는 곤란을 겪기도 한다. 사고력이 필요한 과목, 상상력이 필요한 과목은 신나서 공부하는데, 그보다 훨씬 난이도가 낮은 과목에서 낙제점을 받아 오면 부모가 실망할 수 있다.

좋아하는 것에만
관심이 있고 잘하는 편이다

아이는 일상생활에서도 논리를 중요하게 생각하는데 이점에 부모가 불안감을 가질 수도 있다. INTP 아이처럼 이 아이도 틀린 말을 참지 못한다. 특히 비논리적인 말을 하는 사람과의 싸움에서 항상 승기를 잡는다. 상대가 어른이라도 가차 없이 반기를 들고 결함을 지적하려고 한다. 부모로서는 ENTP 아이가 부모 말에 순종적이지 않고, 자기 고집을 꺾으려고 하지도 않으며, 부모가 뭐라고 혼을 내도 큰 타격을 받지 않는 것 같아서 어떨 때는 화가 날 수도 있다.

하지만 아이는 사실 유달리 호기심이 많아서, 자신의 호기심을 해결하기 위해 지속적인 질문을 던지는 것뿐이다. 논리력이 워낙 좋다 보니, 논리를 따지려는 것뿐이다. 말싸움을 하려는 게 아니다. 물론 감정적인(F) 부모 성향 입장에서는 아이에게 섭섭한 마음이 들 수도 있다. 아이가 학교에서도 친구들과 논리 싸움을 하고 자기주장을 굽히지 않는 모습을 보면, 아이의 인간관계가 걱정될 때도 있을 것이다.

그런데 ENTP 아이는 자신의 궁금증이 너무나 거대하고 넓어서, 그 세계 안에서 헤엄을 치면서 하나씩 자기 세계를 넓혀가는데 행복감을 크게 느끼는 아이일 뿐이다. 그래서 자신의 지적 도전과 탐험을 멈출 수가 없다. 게다가 아이는 자신이 이 세상 구석구석 모르는 것 없는 상태가 되어 남들에게 이 세상의 비밀을 알려주면서 뿌듯함과 행복감을 느낀다. 부모도 그런 아이의 모습을 귀엽다고 생각하면서 아이를 자랑스러워하는 마음을 표현하면 좋을 것이다.

자기가 발견한 사실을
알려주는 것을 좋아한다

부모가 할 일은 아이의 질문을 막고, 논리 싸움을 못하도록 혼을 내는 일이 아니다. 아이가 좀 더 헤엄칠 수 있도록, 자신만의 지적 세계를 더 넓힐 수 있도록 도와주는 일이다. 그를 위해 다양한 분야의 책이나 사전을 집에 준비해두는 것도 좋고, 수준 높은 다큐멘터리를 보도록 해주는 것도 필요하다. 아이를 학원에 보내더라도 학교 수업을 따라가는 무난한 학원보다는, 학교 수업만 가르치지 않는, 창의적 발상이 가능한 학원을 찾아보는 게 좋다.

궁금한게 많은 ENTP에게 지적 세계를 탐험할 수 있도록 해주자

애초에 〈장화 신은 고양이〉에서 고양이라는 동물이 장화를 신는다는 것부터 괴이하지 않은가? 깃 달린 모자를 눌러 쓰고, 부츠로 땅을 구르면서 걷고, 인간도 생각해내기 어려운 기발한 아이디어를 술술 뱉어내는 고양이라니. 상상으로밖에 생각

할 수 없는 일이다. ENTP 아이도 상식이나 사회 규범을 따르지 않는다. 남들이 사는 모습을 좇으려 하지 않는다. 그래서 이 아이는 나이가 들면서 독창적인 분야에서 유달리 능력을 발휘한다. 최신 기술을 다루는 IT 계열이나, 방송 PD, 언론계, 강사, 과학자, 기획자, 발명가, 엔지니어, 배우 등 창의적인 직업군에서 두각을 나타내는 경우가 많다. 부모는 아이의 탁월한 영리함과 권위를 딛고 일어서는 자부심을 인정해주면 좋을 것이다.

달걀을 품에 안고 알이 부화하기를 기다렸던 과학자 에디슨, 남들이 2차원적인 고민을 하고 있을 때, 화면에 3차원을 표현할 생각을 했던 입체파의 거장 피카소, 과학, 의학, 미술 전반에 걸쳐 팔방미인 능력을 발휘했던 천재 레오나르도 다빈치. 이들은 모두 ENTP 유형이다.

셰익스피어 이후 최고의 극작가로 평가받는 버나드 쇼, 다재다능한 삶을 살았던 마크 트웨인, 미국 최초의 흑인 대통령이었던 버락 오바마도 ENTP 유형이다. 〈명탐정 코난〉의 '괴도 키드', 〈캐러비안의 해적〉의 주인공 '잭 스패로', 마블 히어로 '아이언맨', 〈찰리와 초콜릿 공장〉의 '윌리 웡카'도 있다. 진지함으로 무장한 전형적 주인공이라기보다는, 독특한 매력과 유머 감각으로 무장한 재기발랄한 주인공이다.

부모와의 관계를 알아보면 ENTP 아이를 좀 더 잘 이해할 수 있다.

NT 기질 부모와 ENTP 아이

ENTP 아이는 NT 기질 중에서 가장 감정 표현력이 좋은 편이다. 사교성도 좋고, 성격도 유쾌하다. 그러면서도 부모만큼 지적인 힘이 커서 부모와 추상적인 부분에 대한 심도 있는 대화가 가능하다.

권위적이기 보다는 친구처럼 지낸다

단지 ENTJ 유형이 부모인 경우 권위적인 면을 내세울 때가 있어서, ENTP 아이가 반항할 수도 있다. 왜냐하면 이 아이는 권위로 밀어붙이는 일을 가장 싫어하는 유형이기 때문이다. 하지만 친구처럼 지내는 부모라면, 부모의 안목과 지적 능력에 감탄하며 아이와 서로 대화를 통해 즐거운 시간을 가질 수 있다.

NF 기질 부모와 ENTP 아이

ENTP 아이는 무심하고, 대범하고, 명쾌하고, 당당하다. 애정을 조르지 않는다. 또한 누가 뭐라고 해도 상처를 잘 받지 않는다. 세심하고, 주변인들 신경을 많이 쓰는 NF 부모 입장에서 ENTP 아이는 심적으로 든든한 지원군이 될 수 있다. 아이와 함께 지내면서 부모는 아이의 대범함을 배운다. 삶에서 지나칠 정도로 타인을 신경 쓰거나 혹시라도 피해를 주는 건 아닌지 걱정할 필요가 없다는 사실을 알게 된다.

또한 철학, 미학, 심리학에 관심이 많은 NF 유형 부모와 다방면에 박학다식한 ENTP 아이는 서로의 대화를 재미있게 잘 풀어갈 수 있다.

단 인간관계를 신경 쓰는 NF 부모의 성향상, 아이가 주변과 갈등을 일으키거나 다툼이 있을 때 아이에게 무조건 참으라고 조언할 수가 있는데, 그 점은 조심하는 게 좋다. 아이와 대화하

아이에게 무조건
참으라고 하는 것은 금물

면서 같이 논리적인 해결책을 찾아보도록 한다. 아이에게 논리를 포기하는 일은 어려운 일이기 때문이다.

SP 기질 부모와 ENTP 아이

ENTP 아이는 여러모로 평범한 아이가 아니다. 자기애가 넘치고, 재기가 넘치고, 아이디어 뱅크에 기상천외한 면이 넘친다. 간혹 조용히 책을 읽으면서 얌전하게 독서에 빠져 있는 ENTP 아이도 있다. 그 이유는 ENTP이라는 유형 자체가 외향성과 내향성을 동시에 지니고 있기 때문이다.

ENTP 아이에게 조심할 부분은 아이가 아이디어를 이야기할 때 그 아이디어를 무시하는 일이다. 아이에게 공상 속 세상은 매우 재미있고 소중한 세상이다. 현실적인 부모들은 속으로는 '뭐 이런 말도 안 되는 생각을 하는 거지?'라고 느껴서 허황된 사고에 제동을 걸어줘야 한다는 의무감을 느낄 수도 있다. 그러나 그런 일이 반복되면 아이는 부모가 권위적이라고 생각해서 더 이상 부모와는 소통하지 않으려고 한다.

아이와 부모 모두가 즐겁게 지내는 방법을 찾는 것도 좋다. 놀이동산에서 시간을 보내는 것도 좋은 방법이다. 부모와 아이가 새로운 체험을 즐기는 면이 비슷하기 때문이다. 둘 다 자유로운 영혼이기도 하다.

놀이동산 등 즐거운
체험을 통해 공통점을 찾는다

SJ 기질 부모와 ENTP 아이

ENTP는 전통, 권위, 규범, 틀, 단조로움, 조종받는 일 등에 알레르기가 있다. 그런데 그런 틀을 가장 편안해하는 기질이 SJ 기질이다.

그래서 SJ 기질 부모가 ENTP 아이가 잘 지내려면, 일단은 부모가 아이에게 꼭 필요한 규칙만 지키도록 규칙의 수를 제한하는 게 좋다. 아이가 정리를 잘하지 못하고, 생활이 불규칙한 모습을 보면서 오히려 부모가 스트레스를 받을 수 있다. 하지만 아이에게 매번 가르쳐주려 하지 말고, 아주 최소한의 규정만 요구한다. 100가지가 생각나도, 그중에서 꼭 해야만 할 일 열 가지만 알려주는 식이다.

ENTP 아이는 주변 정리도 잘 안 되고, 덤벙거리는 편이다. 그러므로 부모는 아이가 떨어뜨리고 잊어버리고 잃어버리는 것들을 옆에서 잘 챙겨주도록 한다. 이때도 잔소리하면서 챙겨주지 말고, 아이가 미처 생각하지 못했을 때 옆에서 슬쩍 도와주면 더 좋다.

덤벙거리는 아이에게
말없이 슬쩍 잘 챙겨주기

ENTP_아이_핵심 정리 —————————————————

1. "내 말이 맞을걸?"(아이가 자주 하는 말)
2. 외향형이지만 혼자서도 잘 논다.
3. 우리나라에서 만나기 힘든 유형이다. 소수 유형 3위 안에 든다.
4. 똘기＋똑똑함이라는 드문 조합으로 뭉침.

ENTP에게 주는 따뜻한 한마디

난 너의 독특한 관점과 해석이 좋아. 이미 정해져 있다고 생각하는 모든 일들에 의문을 제기하고, 너만의 조합을 시도해보는 대담함에 매번 감탄해. 너는 이론 세계의 마술사야. 네가 손을 대는 물건은 마법처럼 새로운 생명력을 얻는 것 같아.

변화를 몰고 다니는 고양이의 검은 망토 자락처럼, 네 주변의 공기는 다채롭고 흥미로운 사건들로 가득해. 물론 너에게 고집이 세다는 둥, 직설적으로 말한다는 둥, 게으르다는 둥, 이런저런 말을 하는 사람들도 있을 거야. 그런데 그런 부조화스러운 부분이 바로 너의 매력인걸.

네게는 영화 속 유쾌하고 독특한 빌런 같은 에너지가 있어. 어수선하고, 뭔가 덤벙거리고, 창의적인 그런 모습 말이야. 굳이 완벽하고 깔끔해 보이려고 노력하지 않았으면 좋겠어. 자기애로 가득한 모습도 매력적이야. 넌 매우 솔직한 사람이지만, 그러면서도 본질적인 공정함과 윤리 의식을 갖고 있어. 인간이 만든 법칙적인 윤리나 규범 말고, 인간이 당연히 가져야 할 인간적인 윤리에 대한 감각이 네 안에 존재하고 있는 것 같아. 네가 멋진 점은 너 스스로 자유를 추구하면서 타인의 자유도 존중한다는 점이지.

아 참, 이 모습은 네가 성인으로 멋지게 자랐을 때의 모습이야. 지금 혹시 아직 어른이 되지 않았다면 네게 슬쩍 미리 알려주고 싶은 비밀이 있어.

넌 재주가 많은 편이잖아. 어른이 되면 앞으로 어떤 분야를 택해야 할지 고민이 될 때가 올 거야. 남들은 하나도 얻지 못하는 따끈따끈한 빵을 두 손에 쥐고 어느 빵부터 맛볼까, 하는 행복한 고민을 하게 되지. 그런데 오래 고민하지 않아도 될 것 같아. 어느 빵이든 맛있거든. 만약에 말이지, 혹시 네가 고른 빵 안쪽에 아무것도 들어있지 않아도 실망하지 않았으면 좋겠어. 너는 인생을 즐길 줄 아는 사람이고, 변화에 잘 적응하는 사람이니까. 이런저런 빵을 하나씩 맛보는 과정 자체가 네 인생이라고 생각해. 나이가 들면서 예상치 못한 체험을 하게 되고, 여러 경험이 쌓이면서 네가 더 성숙하고 멋지고 숙련된 사람이 되는 것, 기대되지 않니?

창의적인 전략가 제갈량
ENTJ_엔티제 아이

생활 습관이면 습관, 학교 성적이면 성적, 친구 관계면 관계, 창의성이면 창의성, 어느 하나 나무랄 데 없는 아이는 어떤 아이일까?

규칙적인 생활 습관을 유지하고, 자신이 원하는 삶을 실현하기 위해 우직하게 노력하는 아이, 겉보기엔 냉정해 보이지만 마음속은 열망으로 가득 찬 아이, 연간 계획, 월간 계획, 주간 계획, 일일 계획까지 플랜을 완벽하게 짜는 아이, 갈등을 두려워하지 않는 아이, 리더십이 뛰어나서 친구들을 이끌어주는 아이, 바로 ENTJ 유형이다.

규칙적인
생활습관

일일 계획, 월간 계획,
연간 계획까지…

　전략의 귀재 제갈량을 봐도 ENTJ의 특징을 잘 알 수 있다. 제갈량은 유비 밑에서 명령을 수행하는 단순 참모가 아니었다. 제갈량이 유비를 왕으로 선택했다는 이야기도 있을 정도이다. 자신의 이상을 실현하기 위한 존재로서 가장 적합한 인물이었기에, 제갈량은 유비를 군왕으로 받아들였고, 그와 함께 자신의 전략 전술을 펼쳐나갔다. 제갈량에게는 자신만의 왕국에 대한 비전이 이미 있었던 것 같다. 유비가 죽음을 앞두고 제갈량에게 권력을 넘겨주려고 했던 점을 봐도 제갈량의 출중한 실력을 알 수 있다.

애플 창업자인 스티브 잡스의 삶에서도 ENTJ의 특징이 잘 보인다. 그는 "갈망하라, 우직하게(Stay Hungry, Stay Foolish)."라는 명언을 남겼다. 어떤 것도 두려워하지 않고, 열정적으로 자신이 원하는 삶을 살았다. 잡스는 이런 말도 했다. "무덤 안에서 부자가 되는 것보다 매일 밤 잠자리에 들 때 우리가 놀라운 일을 했다고 말하는 것이 더 중요하다."

그는 열정적으로 일한 사람이었을 뿐만 아니라, 남다른 창의적 사고력까지 지녔다. 공학도이면서도 서체에 관심을 가져서 대학을 중퇴한 후에 청강했고, 자신의 제품을 만들 때 이 디자인적인 감각을 활용했다. 애플 제품의 유려하고 간결한 디자인과 인터페이스 틀은 잡스가 창조해냈다고 할 수 있다.

ENTJ 유형은 어떤 분야에서든지 쉬지 않고 노력하고, 끊임없이 연습하고, 실력을 연마하며, 남다른 직관력으로 앞을 내다보는 전략을 짠다. 이 유형은 무엇보다 고집스럽게 자신의 이상을 실현하는 사람이다. 이들은 전통이나 관습을 무작정 따르지 않는다. 혁신적인 사고를 하려고 하고, 바꿀 게 있다면 과감히 바꾸려 하고, 아무리 높은 사람이 명령해도 자신의 주관이 옳다고 생각하면 쉽게 굽히지 않는다. 그래서 주변과 마찰을 겪거나 충돌을 일으킬 때도 있다.

어린 시절부터 이 유형의 아이는 다른 아이들과는 좀 다르다. 끊임없이 주변을 남다른 시선으로 본다. 어린아이인데도,

자기 주관이 확실하다. 눈치를 보거나 어른이 하라는 대로 따르지 않는다. 이 아이에게는 자신만의 논리적인 세상이 있다. 어른 앞에서도 당당하게 자기 생각을 말한다. 그래서 부모로서는 아이가 좀 어렵게 느껴질 수도 있다.

어른에게도 할 말은 당당하게 한다

어떤 면에서 보면 외부에 흔들리지 않는 굳건함, 도전을 두려워하지 않는 용맹스러움과 자신감은 무리의 왕 사자와도 비슷하다. ENTJ 아이는 황금빛 갈기를 반짝거리는 소설 캐릭터인 〈나니아 연대기〉 속 '아슬란'과도 닮았다. 아슬란은 위풍당당한 사자의 모습을 하고 있으며, 길들지 않는 존재다. 그는 개인적인 이득을 따지지 않고, 곤경에 처한 주인공을 도와준다. 그는 나니아를 만들어낸 창조주이기도 하다.

ENTP 아이가 유쾌하고 장난스럽다면, ENTJ 아이는 어린아이치고 근엄하다 싶을 정도로 차분한 면이 있다. 물론 두 아이는 닮은 점이 많다. 단지 ENTP 아이는 좀 더 변화를 즐기며 융통성이 좋고, ENTJ 아이는 '계획대로' 하고자 해서 철두철미한 면이 있다. 그래도 두 아이 모두 합리적이고 이성적이며 자기 의사 표현이 확실하다. 또한, 불의나 불합리에 굴복하지 않는다.

사실 두 아이 모두 사회적인 면에서는 반항아라고도 할 수 있다. 다수의 의견보다는 자기 의견을 가장 중요하게 생각하기 때문이다. 때로는 지나치게 자기애로 가득 찬 것처럼 보일 수도 있다. 하지만 이들은 대부분 남들이 알면서도 따르게 되는 사회적 관계나 관습에 무릎 꿇지 않는다. 그래서 결국 남들이 이루지 못하는 성취를 보여주기도 한다.

아이치고 근엄하다

ENTJ 아이와 ESTJ 아이를 비교하면, ENTJ 아이의 특징이 더 명확해진다. 두 유형은 기질이 서로 달라서, 근본적인 욕구 자체가 다르다. ESTJ 아이는 기존의 사회적 관례에 충실한 유형이다. 그런데 ENTJ 아이는 자기 뜻대로 세상을 바꾸거나 설계하고 싶은 마음이 큰 아이라서, 비합리적인 제도나 규칙을 참기 힘들어한다. 그런데도 이 아이가 학교에서 말썽을 일으키지 않고 잘 지내는 이유는, 마음에 안 드는 규칙을 수긍해서가 아니다. 반발했을 때 벌어질 수 있는 복잡한 문제까지 고려해서 조용하게 지내는 편이 더 합리적이라고 판단하기 때문이다.

아이가 자기 할 일을 잘하고 어른처럼 말을 잘해서, 어떤 부모는 ENTJ 아이에게 더 큰 기대를 하기도 한다. 심지어는 아이가 더 높은 수준에 오를 수 있을 것 같아서 어려운 책을 사주거나, 더 많은 학원에 보내면서 아이의 성취를 자극하기도 한다. 아이는 재주가 좋은 경우도 많아서, 다양한 분야를 가르치면 가르쳐주는 대로 팔방미인의 면모를 보여줄 때가 많기 때문이다. 하지만 이런 식의 학습 독려는 도리어 자라는 아이에게 독이 될 수도 있다. 사실 이 아이도 그저 '어린' 꼬마일 뿐이기 때문이다. 또한 성취감에 중독되어 무리하게 공부하다가 에너지만 소진할 우려도 있다.

ENTJ 유형은 가끔 만능 '로봇'이라는 별명으로 불리기도 한다. 그만큼 이성적이며, 어떤 일이든 완벽하게 완수해내는 책임감 있는 유형이다. 바꿔서 생각하면 그만큼 일에 감정을 개입하지 않는다는 말도 된다. 그런데 감정이란 인간의 삶에서 단순히 타인과 소통할 수 있는 수단 이상의 의미를 가진다. 감정을 자주 돌아보지 않는 게 습관이 되면, 마음속에서 인정받지 못하고 쌓여만 가던 여러 가지 감정들이 억압되었다가 나중에 폭발하는 일도 생긴다. 그래서 ENTJ 아이가 어렸을 때 부모가 집중해서 할 일은 아이가 자기감정을 자각하고 보살필 기회를 제공하는 것이다.

'내'가 어떻게 느끼고, 어떤 감정들이 나에게 있고, 지금 내 기분이 어떤지를 섬세하게 깨달을 수 있을 때, 아이는 자기 삶에서 더 큰 균형감과 배려심을 키워갈 수 있다. 어린 시절에 감정을 잘 보듬고 키워가지 않은 채 어른이 되면, 타인의 감정을 보살피거나 배려하지 못해서 인간 관계가 불편해지거나 혹은 다양한 갈등 관계에 놓일 수도 있다.

마음을
들여다보는 시간을
갖게 해주자

자랄 때 부모에게 자기 장점을 인정받고, 스스로 자부심을 느끼게 된 ENTJ 아이는 자라면서 현실 감각과 배려심을 배우고, 자신의 감정도 더 잘 다룰 수 있게 된다. 그 경우 도리어 다른 유형보다 더 대범하고 너그럽게 타인에 대한 포용력을 발휘하는 경우가 많다. 특히 ENTJ 유형은 자기 사람을 잘 챙기는 것으로 유명하다.

ENTJ 유형의 유명인으로는 영국의 수상을 지낸 마거릿 대처, 독설 가득한 요리사 고든 램지, 대제국을 건설한 알렉산더 대왕, 〈삼국지〉의 조조와 제갈량과 나폴레옹, 줄리어스 시저, 엘리자베스 1세 여왕 등이 있다. 가상 인물로는 〈악마는 프라

다를 입는다〉의 편집장 '미란다', 영화 〈알라딘〉에서 여성 술탄이 된 '자스민 공주' 등이 있다.

스티브 잡스의 경우를 봐도 잘 알 수 있듯이, 혁신적인 사업에서 남다른 수완과 능력으로 성공하는 CEO 중에 ENTJ 유형을 볼 수 있다. 그 외 전문직 직군에서도 빛을 내는 경우가 많다.

부모와의 관계를 알아보면 ENTJ 아이를 좀 더 잘 이해할 수 있다.

NT 기질 부모와 ENTJ 아이

ENTJ 아이는 남다른 시각과 시선, 사고력과 통솔력, 통찰력으로 다양한 공상을 하고, 자신이 생각하는 어떤 시스템이나 구조를 현실에서 실제화하고 싶어 하는 욕구를 가지고 있다. INTJ 유형이 개인적으로 비교 분석, 정리하는 과정에서 재미를 느끼는 것과는 다르다. ENTJ 아이는 다른 사람들과 함께 자신이 만들어가고 싶은 세상을 현실화하려고 한다. 그 과정에서 논쟁하거나, 다른 사람을 설득하거나, 갈등 상황에 빠질 수도 있지만, 열심히 자신의 목표를 추구해 나간다. 그래서 ENTJ

유형은 모든 유형 중에서 가장 일 중독에 빠지기 쉬운 유형이기도 하다.

부모 역시 아이의 공부 중독이나 노력 중독에 제동을 걸어줄 필요가 있다. 가끔 성인이 된 ENTJ 유형은 힘들게 노력하면서도 자신이 힘들어한다는 사실조차 잊는 경우가 있다. 감정적으로는 괴롭고 울고 싶은데도, 자신이 왜 이렇게 괴로운지 자각하지 못할 때도 있다. 일을 하면서 갑자기 눈물이 솟아올라서 자신도 모르게 눈물을 흘리기도 한다. 그때까지도 자신이 너무 큰 노력을 하고, 더 나은 미래를 위해 자신을 혹사하고 있다는 사실을 깨닫지 못한다.

너무 많지 않은 적당한 양의 학습량을
가질 수 있도록 도와주자

부모 역시 NT 기질이다 보니, 실력이나 독창성을 중요하게 생각하는 편이고, 감정적인 부분은 뒤로 미루는 경우가 많다. 부모와 아이 모두 좀 더 자신이 느끼는 것, 다른 사람에게 표현하는 방식을 고민할 필요가 있다. 또한 능력이 가장 중요하다는 생각을 접어둘 필요가 있다. 실력이나 지식이 뛰어난 게 전부가 아니고, 그런 면이 부족하더라도 괜찮다는 사실을 지속해서 알려주도록 한다. "(너 역시) 유능하거나 완벽하지 않아도 괜찮아."라고 아이에게 말해주도록 한다.

물론 같은 NT 기질로서, ENTJ 아이와 NT 부모는 서로 통하는 부분도 많다. 각자의 자립심과 개인 공간을 인정하고, 지적으로 대화하면서 즐겁게 보낼 수 있다.

NF 기질 부모와 ENTJ 아이

ENTJ 아이와 NF 부모 사이 관건은 '감정'이다. NF 유형 부모에게 정서적인 소통은 큰 부분을 차지한다. 그런데 ENTJ 아이는 상황 타개를 위해서 감정을 가장 뒤로 미룰 수 있다. ENTJ 아이의 1차 기능은 사고력이고, 열등 기능은 감정이다. 그래서 상황 판단은 합리적이고 이성적인데, 타인의 감정을 살피는 면은 미숙할 수 있다.

아이에게 '감정'이란, 무기이자 독이다. ENTJ 아이는 판단력과 실행력이 뛰어나기도 하지만, 때로는 자신의 감정까지 눈치채지 못하고 일의 완수에만 신경 쓸 수도 있다.

부모는 아이가 모든 면에서 뛰어나고 최선을 다하는 모습에 뿌듯해하면서도, 가끔 아이가 보이는 냉정한 모습에 놀랄 수도 있다. 특히 나이가 어릴수록 감정이나 현실 감각이 덜 발달하여 자신의 이상이나 실현 목표만 생각하고 주변은 세심하게 신경 쓰지 못하는 경우가 많다. 학교에서 그룹 수업을 할 때도 자기 몫을 다하지 못해서 전체적인 성과에 손해를 끼치는 친구를 가차 없이 비난하기도 한다.

아이가 많이 냉정해 보일 수 있다

부모가 아이를 통해서 감정적인 욕구를 충족하긴 어려울 것이다. 하지만 아이를 그 모습 그대로 이해하고 인정할 수 있다면 훨씬 마음이 편안할 것이다. 아이에게 적절한 보살핌을 주고, 정서적 공감을 지나치게 강요하지 않는 편이 좋다.

아이는 신랄하다기보다는 자기 의사 표현이 솔직하고 확실한 아이다. 감정적으로 냉정하다기보다는 공정하고 객관적인 아이다. 당연한 사실에 반박하는 게 아니라, 호기심이 많고, 남다른 궁금증을 가졌을 뿐이다. 이해할 수 없는 현상에 대해 합리적으로 반대 의견을 표현하는 것일 뿐이다. 또한 섬세하지 못한 게 아니라, 거꾸로 보면 대범하고 관대하다고 볼 수 있다. 아이가 차가워 보일 수도 있지만, 그래서 도리어 지도력이 있고, 이성적이고, 합리적이기도 하다.

아이가 감정적인 부분을 잘 이해하고 표현할 수 있도록, 부모가 표본으로서의 모습을 보여주면 아이에게 도움이 될 것이다. 공감의 일인자인 NF 유형 부모가 인간관계에서 적절하게 감정을 표현하고, 타인을 배려하는 모습을 보면서, 아이도 삶에서 감정이 하는 역할을 자연스럽게 이해할 수 있게 될 것이다.

SP 기질 부모와 ENTJ 아이

NT 기질 아이들은 외향적인 아이일지라도 다른 기질에 비하면 내향성이 더 발달한 편이다. 사고하고 공상하며 생각에 빠지는 일이 많고, 혼자서도 시간을 잘 보내는 편이기 때문이다. 도리어 일정량의 개인 시간이나 공간이 꼭 필요하다.

SP 부모는 현실적인 즐거움을 생활 속에서 잘 누리는 유형이다. 그러다 보니 방에서 혼자 책을 읽거나 생각에 빠져 있는

ENTJ 아이를 보면서, 이해하기 어려워할 수도 있다. 아이가 여유가 없다거나, 고지식하다거나, 제대로 놀 줄 모른다고 생각할 수도 있다.

하지만 아이는 부모를 보면서 오히려 부모가 가벼운 유흥에만 시간을 쏟는다고 느낄 수도 있다. 부모에게 즐거운 맛집 탐방이 아이에게는 의미 없는 사교 모임처럼 느껴질 수 있고, 티타임은 목적 없는 행동으로 보일 수 있다. 아이는 잡담이나 친목 모임보다는 뭔가를 성취할 수 있는 시간을 더 중요하게 생각한다.

사교 모임에 동행하자고 강요하지 말 것

그래서 SP 부모가 아이에게 해줄 수 있는 일은 아이에게 사교 모임이나 행사에 동행하자고 강요하지 않고, 아이의 개인적 시간과 공간을 보장해주는 일이다. 아이가 부모와 시간을 보내지 않는다고 해서 아이가 부모를 싫어하는 건 아니다. 각자의 삶에서 성향상 끌리는 부분이 다를 뿐이다.

SJ 기질 부모와 ENTJ 아이

SJ 부모는 사회적인 시선이나 평가를 중요하게 생각하는 편이다. ENTJ 아이는 그런 부모의 욕구에 많은 부분이 딱 들어맞는 아이라서, 부모는 아이를 자랑스러워하는 경우가 많다. 왜냐하면 모범생에 우등생이며, 생활 관리도 알아서 잘하고, 학습 태도도 좋고, 실력도 좋으며, 노력파이기 때문이다.

여기서 한 가지 부모가 주의할 점은 아직 어린아이일 뿐인 ENTJ 아이에게 지나친 기대를 하지 않는 것이다. 뛰어난 문제 해결력과 상상력, 논리력을 갖춘 NT 아이들의 경우, 주변의 기대가 크고, 더 높은 수준을 지속해서 요구하는 경우, 자신이 모른다는 사실을 주변에서 눈치채는 게 싫어서 학업을 아예 거부하는 경우까지 생길 수 있다. 공부를 잘하던 학생이 갑자기 학교를 그만두거나, 공부에 손을 놓는 경우가 있다.

더 높은 수준을 지속해서 요구하는 경우
학업을 아예 거부할 수 있으니 주의하자

또한 부모는 아이가 뭐든 잘한다고 해서 더 어려운 문제나 책을 제시하고는, 아이가 잘 모른다고 하면 "이런 것도 몰라?"라는 식의 무시하는 듯한 발언을 하지 않도록 한다. 실력에 대한 비난은 이 아이에게는 큰 상처가 될 수 있다.

아이가 자기 관리 능력이 좋다는 게 부모로서 과연 좋아할 일이기만 한 건지 한 번쯤 고민해볼 필요가 있다. 도리어 부모는 혹시 아이에게 더 노력하라고 채찍질을 하는 건 아닌지 가끔 자신을 점검해볼 필요도 있다. 아이에게 정신적인 지지와 격려를 보내는 것만으로 충분할 수 있다. 말없이 아이가 자기 속도로 성장할 수 있도록 지켜보면 좋을 것이다.

ENTJ_아이_핵심 정리

1. 불가능은 없다.
2. 보이지 않는 곳에서 쉬지 않고 노력하는 아이
3. 대장, 총대, 리더, 지도자, 사령관
4. 리더십은 있지만, 권위주의는 없다. 변명하지 않고, 실수나 잘못은 솔직하게 인정하는 아이

ENTJ에게 주는 따뜻한 한마디

아마 넌 어려서부터 뭐든 잘해서 대단하다는 칭찬을 받으면서 자랐을 거야. 혹은 왜 이렇게 고집스럽냐는 비난도 많이 받았겠지. 하지만 어떤 모습의 너도 꾸민 모습은 아니야. 넌 상황판단을 잘하고, 자기가 해야 할 일을 잘 알고 있고, 일단 판단이 서면 머뭇거리지 않고 앞으로 나가니까. 마치 전투를 앞둔 명장처럼 말이야. 그리고 무엇보다, 너는 남들보다 부지런하게 노력하는 사람이야.

네가 남들에게 인기만 얻거나, 대가를 받는 삶을 추구하는 게 아닌 건 확실해. 넌 다른 사람에게 큰 관심이 없어. 왜냐하면 네가 할 일만으로도 네 머릿속은 꽉 차 있기 때문이지.

너는 정직하고 가식이 없는 사람이라고 생각해. 넌 인기나 칭찬을 위해서가 아니라, 자신의 성취감을 위해서 앞으로 나가는 사람인 것 같아.

세속적인 성공을 추구하는 게 아니라 자신의 신념을 성취하기 위해 살아간다는 건 쉽지 않은 일이야.

넌 세상이 움직이는 원리를 스스로 깨닫고 네가 원하는 세상을 어떻게 만들 수 있을지 고민하는 아이야. 사람들은 흔히 이렇게 말하지. 이 세상을 더 좋은 곳으로 만드는데 내가 할 수 있는 일이 과연 있을까? 내가 뭘 한다고 얼마나 세상이 달라질까? 하지만 넌 변명하지 않고 바로 연구하고 고민하고 행동으로 나서는 사람이야. 혼자서 공부하는 데 그치지 않고 현실에 네 이론을 적용해보려고 시도해보지.

어떤 사람들은 네 아이디어가 뜬구름 같다거나, 지나치게 이상주의적이라고 비난할 수도 있어. 하지만 이 세상은 '이상한' 생각을 하는 사람들이 만들어 가는 거야. 항상 하던 대로 사는 삶에는 발전이 없을지 몰라.

네 뛰어난 직관력과 실행력이라는 보기 드문 조합이 부럽기도 해. 네가 가진 혜안은 소중하니까 잘 닦았으면 좋겠어. '나의 의지'대로 살아가는 건 중요한 일이야. 어려운 일에 꾸준히 도전 정신을 보여주는 네가 정말 특별하다고 생각해.

사실 너에게 필요한 건 더 많은 아이디어도 아니고, 더 깊은 혜안도 아니고, 부지런함도 아니야. 이미 그건 넘칠 만큼 소유하고 있잖아. 도리어 난 네가 조금 더 여유를 갖고 휴식

하는 시간을 더 많이 가지면 좋겠어.

편안하고 여유로운 시간에, 세상이 아니라 너 자신에 대해 더 깊이 생각해볼 시간을 좀 더 많이 가져봤으면 해. 지금보다 긴장을 벗어 던지고 노는 시간도 가져봤으면 좋겠어. 네 몸과 마음에 부드러운 버터를 바르듯이, 마음은 춤을 추고, 새로운 경험을 해보면 좋겠다. 넌 스트레스를 받으면 일하면서 푸는 면이 있지? 성취하면서 느끼는 기분 좋은 감정도 좋지만, 가끔 다른 방식을 시도해보는 건 어떨까?

지금도 잘하고 있지만, 너 자신을 더 격려해주길 바라. 더 완벽하지 않아도 괜찮아. 네가 느끼는 감정에 좀 더 세심하게 집중해보았으면 해. 아무 일도 하지 않아도 편안한 시간을 누릴 수 있다면 더 좋겠다.

이 모든 조언을 한 단어로 표현한다면 아마도 '이완'이라는 말이 될 것 같아. 반짝거리는 갑옷을 입은 기사나 용맹한 갈기를 바람에 날리는 사자 같은 겉모습도 훌륭하지만, 아무것도 하지 않아도 행복할 수 있다면 정말 기분 좋을 거야. 가끔 인생에서의 긴장과 성취감이란 녀석에게 황홀한 낮잠을 선사해보는 건 어떻겠니?

고슴도치에 대한 인터뷰

가족들에게 같은 질문을 던지고 답을 서로 비교해본다. 가족에 대해 알아가는 시간, 자신을 알아가는 시간, 내가 몰랐던 가족의 일면을 아는 시간이 될 수 있다.

- 아직도 당신의 가슴을 두근거리게 하는 일은 무엇인가요?

- 당신을 가장 즐겁고, 만족스러운 상태로 만들어주는 일은 무엇인가요?

- 스스로를 따뜻하게 돌보는 방법은 무엇인가요?

- 당신의 마음 에너지를 채우기 위해 가장 좋은 방법은 무엇인가요?

- 하루 중 자신이 가장 좋아하는 시간을 소개해 주세요.

- 현재 당신은 무엇을 가장 좋아하나요?

- 여러분에게 가장 인상 깊은 추억은 무엇인가요?

- 여러분이 마법사라면 어떤 마법을 부리고 싶어요?

- 한 가지 초능력을 가질 수 있다면 어떤 능력을 갖고 싶나요?

- 가족들을 각각의 동물에 비유해보세요. 그 이유는 무엇인가요?

- 내일 지구가 멸망한다면 뭘 하고 싶은가요?